AF215755

Das Buch
und die Autorin

Vier Paare, ein Ferienhaus und ein sonniges
Pfingstwochenende: Die Zutaten zu diesem
Spiele-Wochenende waren verlockend, und wir
folgten der Einladung. Wobei wir nicht geahnt hatten,
dass unsere Gastgeber wirklich spielen wollten.
Allerdings wurden das Spiele der besonderen Art.

Kirsten Steiner, Jahrgang 1984, studierte
Literatur und Geschichte. Seit Jahren ist sie
gemeinsam mit ihrem Mann in der Welt der
Swinger unterwegs. Einige ihrer Erlebnisse hat sie
zu der Serie „Aus meinem Swinger-Tagebuch"
verarbeitet, in der sie diese besondere
Form der Erotik beschreibt, die sich nicht allein
auf zwei Menschen beschränkt.

Kirsten Steiner

Spielzeit

Aus meinem Swinger-Tagebuch

Bibliografische Information der Deutschen Nationalbibliothek: Die Deutsche Nationalbibliothek verzeichnet diese Publikation in der Deutschen Nationalbibliografie, detaillierte bibliografische Daten sind im Internet über http://dnb.dnb.de abrufbar.

Herstellung und Verlag:
BoD – Books on Demand, Norderstedt

ISBN: 9783744840606

Das Pfingstwochenende im Ferienhaus

Als das Navi in unserem Auto endlich „Sie haben Ihr Ziel erreicht" von sich gab, atmete ich erleichtert durch. Fast sieben Stunden hatte die Fahrt gedauert. Was ich an sich nicht so schlimm fand. Lange Autofahrten mit meinem Liebsten mochte ich schon immer. Aber an diesem warmen Frühlingstag schien sich das gesamte öffentliche Leben der Republik auf die Autobahnen verlagert zu haben. Fast zwangsläufig waren wir die Letzten. Nun ja, wir hatten schließlich auch die weiteste Anreise. Sogar mit großem Abstand. Alle anderen kamen irgendwo aus dem Süden, wir waren die einzigen Nordlichter an diesem Wochenende.

Grundsätzlich fand ich Steffens Idee mit dem erotischen Pfingsttreffen ja ganz prickelnd. Aber ausgerechnet Freiburg? Für uns als Hannoveraner war das so ziemlich am anderen Ende der Welt.

„Von der Beschreibung her scheint das ziemlich gut zu uns zu passen", hatte Steffen gesagt, als er mir ein paar Wochen zuvor die Einladung zu einem erotischen Date im Internet gezeigt hatte. Tatsächlich klang der Eintrag in jenem Swinger-Forum ziemlich spannend:

> *Hallo ihr da draußen! Lust auf etwas andere Pfingsten? Wir haben ein Ferienhaus mit vier Schlafzimmern und möchten gern drei*

Paare von Freitag bis Montag einladen. Wenn ihr Lust habt auf erotische Spiele, aufgeschlossen seid, nicht unbedingt Anfänger, dann meldet euch bei uns. Wir sorgen für Getränke, Essen und ausreichend Kondome. Die gute Stimmung produzieren wir alle gemeinsam.

Ich musste grinsen, als ich das las. Der Hinweis auf ausreichend Kondome und der Ausschluss von Anfängern waren ziemlich deutlich. Partnertausch mit allem was dazu gehörte war angesagt bei dieser Party. Aber ich fand die eher indirekte Beschreibung wesentlich sympathischer als so manche Einträge in den Foren, in denen das wesentlich platter ausgedrückt wurde.

Was mochten die beiden, die diese Einladung gepostet hatten, wohl mit erotischen Spielen meinen? Unter einer solchen Bezeichnung konnte man sich ja so manches vorstellen. Hoffentlich zogen sie nicht irgendwann Handschellen und Peitsche aus dem Schrank, schoss es mir durch den Kopf. Aber nach derlei Vorlieben sah das Profil dieses interessanten Paares aus dem Südwesten dann doch nicht aus.

„Wann hört man eigentlich auf, ein Anfänger zu sein?", fragte ich etwas nachdenklich, als wir vor dem PC saßen.

Immerhin waren wir damals erst seit etwas mehr als einem Jahr Swinger – wenngleich wir in der Zeit schon so einiges erlebt hatten. Und wir hatten Hunger auf mehr.

„Ich glaube, da gibt es keine feste Definition", meinte Steffen. „Manche Paare bleiben vermutlich ewig Anfänger, andere sind sehr schnell sehr fortgeschritten."

„Wozu gehören wir?"

„Ich würde sagen: Ein bisschen dazwischen. Jedenfalls keine Anfänger mehr. Nicht mehr seit unserem ersten Partnertausch."

Ah, dachte ich. Partnertausch war das Kriterium. Na gut, dann waren wir sicher keine Anfänger mehr. Mal schauen, ob das auch unsere Gastgeber in spe so sahen. Jedenfalls schickten wir ihnen eine Mail und warteten ab.

Zwei Abende später saßen wir wieder am PC und chatteten über die Webcam mit Ines und Daniel, wie sich die beiden Freiburger vorstellten. Es war eine freundliche Unterhaltung, eher ein Smalltalk, um miteinander warm zu werden. Die beiden waren uns auf Anhieb sympathisch und wirkten wesentlich jünger als ich vom Profil her erwartet hätte. Tatsächlich waren sie ein ganzes Stück älter als wir. Daniel war 48, seine Frau 41. Ich hingegen war damals gerade mal 24 und Steffen 29. Der immerhin recht deutliche Altersunterschied war neben der Entfernung das einzige, was mich vielleicht abgehalten hätte. Aber sollte das wirklich stören? Ich beschloss, dass das nicht der Fall war.

Auf ihren Bildern wirkten die beiden Freiburger ausgesprochen sportlich und attraktiv, die Selbstbeschreibung im Profil ließ ein gewisses Niveau erkennen. Aus ihren Texten war herauszulesen, dass die beiden sicherlich keine sprachgehemmten Einsilber waren. Auch die im Profil beschrieben Äußerlichkeiten waren keineswegs abschreckend: Ines war mit 1,65 Metern drei Zentimeter kleiner als ich und brachte mit ihren 60 Kilo etwa drei Kilo mehr auf die Waage, als das bei mir der Fall war – wobei sie auf den Bildern ausgesprochen weiblich wirkte. Sie hatte genau wie ich keine übermäßig große Oberweite, aber ihre weiblichen Rundungen an den richtigen Stellen. Als BH würde sie vermutlich ebenso ein B-Körbchen brauchen wie ich selbst.

Ihr Mann war mit 1,92 ein Stück größer als Steffen. Dabei war er recht gut gebaut. Die 90 Kilo, die er laut Profileintrag hatte, schienen weitgehend aus Muskeln zu bestehen. Jedenfalls war das, auf den Bildern zu sehen war, durchaus appetitlich, stellte ich zufrieden fest.

Nun war auch Steffen nicht eben unsportlich. Aber dieser große, gut gebaute Mann, der auf den Bildern seine Figur und das gezackte Tattoo auf dem rechten Oberarm sehr selbstbewusst präsentierte, machte mich doch an. Außerdem war er beim unserem Chat ausgesprochen charmant und brachte trotz der mittelbaren Unterhaltung via Webcam immer wieder ein verbindliches Lächeln über den Bildschirm. Das gefiel mir.

Ohne groß nachzudenken sagten wir am Ende des Chats zu – nachdem die beiden kundgetan hatten, dass sie uns gern bei dem anstehenden Pfingsttreffen dabei haben würden. Außerdem verrieten sie uns die Profilnamen der beiden Paare, die ebenfalls dabei sein würden.

Natürlich nahmen wir in den nächsten Tagen auch mit diesen vier Menschen Kontakt auf, beziehungsweise sie mit uns. Virtuell kannte also jeder schon jeden. Real hingegen waren wir alle Unbekannte füreinander. Aber das sollte sich bald ändern.

Freitag:
Ein Würfel, acht Spieler, viele Aufgaben

Bei unserer Ankunft an jenem Freitagnachmittag saßen die anderen vor dem Haus auf der großen Holzterrasse und tranken irgendetwas Rötliches aus großen Weingläsern. Sie musterten uns, als wir aus dem Auto stiegen und ihnen zuwinkten. Unwillkürlich fühlte ich mich beobachtet und zog meinen Rock etwas tiefer. Was bei dem kurzen Teil allerdings nicht viel Zweck hatte.

Alle begrüßten uns, wir erhielten Umarmungen und angedeutete Küsschen und hörten Sätze wie „Schön, dass ihr da seid" oder „Wie war die Fahrt?". Schon komisch, dachte ich. Wir hatten noch nie einen der anderen getroffen und dennoch war das ein Empfang, als seien wir gute, alte Freunde, die sich lediglich eine Weile nicht gesehen hatten. Zwar kannten wir die Swinger-Profile der anderen, mit einem weiteren Paar hatten wir auch vor ein paar Tagen noch ausgiebig gechattet – aber im wirklichen Leben waren wir dennoch Fremde füreinander.

Wären die anderen ein Kreis alter Freunde gewesen, in den wir neu hineingekommen wären, so hätte ich mich vermutlich unwohl gefühlt. So aber war die Begegnung auf Augenhöhe. Jeder hatte nur einen vertrauten Menschen hier: seinen eigenen Partner. Die anderen Paare kannte man nur so gut, wie man sich eben nach virtuellen Begegnungen im Internet kennen konnte. Dass die anderen schon zwei, drei Stunden vor uns eingetroffen waren, fiel dabei nicht sonderlich ins Gewicht.

Unser Gastgeber Daniel reichte uns zwei Weingläser mit dem rötlichen Etwas: Campari mit Holunderblütensirup und reichlich Prosecco. Es schmeckte zugleich bitter und süß. Zudem war es eiskalt, was bei der Wärme wundervoll war. Ich trank mehr als ein Glas davon und spürte schnell den Alkohol. Oh oh, das fängt ja gut an, raunte die Mahnerin in mir. Aber mir gings gut, Alkohol und Smalltalk auf der Holzterrasse gaben mir Leichtigkeit, ich begann mit den anderen warm zu werden. Und auch Steffen fühlte sich offenkundig auf Anhieb wohl.

Wir blieben eine Weil dort, bevor wir dem angeborenen Nestbautrieb nachkamen und uns von Ines unser Schlafzimmer zeigen ließen. Als wir die Reisetaschen aufnahmen, um ihr ins Haus zu folgen, hörte ich hinter mir eine Stimme:

„Hey Kirsten", sagte Marius: „Einen schönen Rock hast du an."

Ich drehte mich um und zwinkerte ihm lächelnd zu. Und beim Weitergehen konnte ich nicht widerstehen, meinen Rock an einer Seite ein klein wenig anzuheben. Nur eine Winzigkeit, aber die reichte völlig aus, um Marius (und damit jedem, der gerade hinsah) für eine Sekunde einen Blick auf eine Pobacke freizugeben, die der String nicht verdeckte. Ich drehte mich nicht erneut um, sondern ging grinsend ins Haus. Und ich sah, dass Steffen ebenso grinste wie ich. Ich wusste, wie sehr er es liebte, wenn andere Männer meine Weiblichkeit wahrnahmen. Seit ich erkannte hatte, dass er das mochte, spielte ich gern mit solchen Situationen. Und die ergaben sich in der Welt der Swinger immer wieder.

Ines zeigte uns zunächst unser Zimmer und dann das gesamte Haus. Und das war ein Traum. Ein Holzhaus in skandinavischem Stil, vier Schlafzimmer mit jeweils einem Doppelbett, ein großer Wohnraum mit angrenzender offener Küche und Fenstern bis auf den Boden, ein Kamin, vor dem mit einem kleinen Sicherheitsabstand ein riesiger, dicker, weicher Berberteppich lag und im Bad sogar eine kleine Sauna.

Noch mehr musste ich staunen, als Ines uns so nebenbei erzählte, dass sie dieses Haus nicht nur für dieses Wochenende gemietet, sondern vor Jahren schon gekauft und ausgebaut hatten. Unter der Woche seien sie arbeitsbedingt in ihrer Stadtwohnung in Freiburg, aber an den Wochenenden würden sie so oft wie möglich hier herauskommen. Sie hätten auch schon erwogen, ganz hierher zu ziehen und dann in die Stadt zu pendeln. Aber dafür sei die Entfernung doch etwas zu groß. Und so bleibe dieses Haus für sie immer etwas Besonderes.

Unwillkürlich fragte ich mich, was die beiden wohl beruflich machten, dass sie sich so etwas als Wochenendhaus leisten konnten. Aber ich stellte Ines die Frage nicht. Niemand tat das. Überhaupt wurden unsere Berufe an diesem Wochenende nicht weiter thematisiert – anders als das wohl im normalen Leben der Fall gewesen wäre, wo sich viele Menschen doch sehr stark über ihr berufliches Schaffen definierten. Swinger untereinander taten das weniger, wie ich festgestellt hatte. Und darüber war ich (damals noch als simple Studentin) auch ganz froh.

Ich hatte jedoch den Eindruck, dass unsere Gastgeber eine Gruppe von Menschen zusammengestellt hatten, die alle nicht ganz dumm waren – was ich als sehr schön empfand. Die (wohl sehr männliche) Volksweisheit „dumm fickt gut" konnte ich jedenfalls noch nie bestätigen. Im Gegenteil. Womit allerdings jemand sein Geld verdiente, war mir ziemlich egal. Aber es schien bei Ines und Daniel deutlich mehr zu sein als bei Steffen und mir.

„Außerdem ist das Haus für uns ein Ort für besondere Gäste geworden", fügte Ines augenzwinkernd hinzu.

„Ah", sagte ich. „Ihr veranstaltet öfter solche Treffen?"

„Naja, was heißt öfter? Wir laden schon ab und an mal ein anderes Paar hierher ein. Treffen mit mehreren Paaren machen wir ziemlich selten. Es ist aber auch nicht das erste Mal."

„Aber die Paare, die jetzt hier sind, sind wie wir alle zum ersten Mal hier?", fragte Steffen nach.

„Ja", bestätigte Ines. „Wir finden es spannend, wenn wir bei solchen Treffen ganz neue Menschen kennenlernen. Obwohl Daniel auch der Gedanke umtreibt, hier mal eine große Party mit allen Paaren zu feiern, die jemals hier waren."

„Wie viele wären das denn?", fragte ich.

Ines überlegte kurz, zuckte dann mit den Schultern und sagte grinsend: „Einige."

Plötzlich kam ich mir vor wie der namenlose Nachschub an Frischfleisch. Der Gedanke fühlte sich nicht gut an. Auch wir hatten ja schon mit verschiedenen Paaren Sex gehabt – aber ich hätte sie auf Anhieb alle nennen können. Doch dann dachte ich daran, dass Ines und Daniel deutlich älter waren als wir. Vielleicht waren sie schon seit zehn oder noch mehr Jahren Swinger – und somit deutlich länger als wir. Würde ich auch in zehn Jahren wohl noch alle Swinger-Begegnungen im Kopf haben? Sicher nicht, wenn Steffen und ich so weitermachten wie bisher.

Das war der Augenblick, in dem ich beschloss, ein Swinger-Tagebuch zu führen. Noch konnte ich mich an alles gut erinnern. Ja, dachte ich. Ich würde alles aufschreiben. Der Gedanke, dass mir einige dieser wundervollen Begegnungen abhandenkommen könnten, war nicht schön. Wie würde wohl das Tagebuch von Ines und Daniel aussehen, fragte ich mich. Es wäre sicher spannend darin zu lesen, falls sie eins haben sollten.

Ines schaute mich fragend an, und ich stellte fest, dass ich sie in diesem Moment angestarrt hatte.

„Etwas nicht in Ordnung?", fragte sie.

„Doch", entgegnete ich und lächelte wieder. „Alles gut." Und so fühlte ich mich auch wieder.

Die Dusche war wunderbar. Ich hatte das dringende Bedürfnis, den Schweiß der langen Autofahrt abzuspülen. Obwohl wir erst Mai hatten, war dieses Pfingstwochenende schon fast sommerlich warm. Ich wickelte mich in ein großes Handtuch und huschte vom Bad zum Schlafzimmer, um mich dort wieder anzuziehen. Auf dem Weg begegneten mir Tabia und Marius, die mich lächelnd ansahen. Komisch, schoss es mir durch den Kopf. Wir alle hier sind Swinger, wir alle werden vermutlich irgendwann irgendwie Sex miteinander haben – und ich wickele mich in ein Handtuch, um nicht nackt über den Flur zu müssen. Passte das zusammen?

Es passt durchaus zusammen, murmelte die Realistin in mir. Noch waren wir alle mehr oder weniger Fremde füreinander. Und so richtig weit fortgeschritten war die Kennenlernphase noch nicht. Sicher, im Swingerclub zeigte man sich völlig fremden Menschen nackt und hatte vor deren Augen Sex – oder sogar mit ihnen. Aber das hier war etwas anderes. Private Treffen hatten ihre eigene Choreografie. Und das war auch gut so. Meist begann alles viel langsamer als im Club. Dafür wurde es wesentlich intensiver. Bei Menschen, die man zuvor kennengelernt hatte, konnte man sich beim Sex weit besser fallenlassen. Jedenfalls ging mir das so.

Natürlich erwiderte ich das Lächeln der beiden und fragte mich, was wir von Tabia und Marius eigentlich wussten. So richtig viel war es nicht. Wir hatten zwar vorab ein paar Mails ausgetauscht, doch mit einem Vierer-Chat vor der Webcam hatte es nicht mehr geklappt. Aber natürlich hatten wir ausgiebig ihr Profil studiert. Die beiden waren uns vom Alter her noch am nächsten. Tabia war 30, Marius 33. Von der Selbstbeschreibung her waren sie wohl auch ein wenig softer als die anderen. So hatten sie in ihrem Profil unter dem Punkt „Partnertausch" die Option „Vielleicht" gewählt – genau wie wir. Bei den anderen beiden Paaren stand da ein klares „Ja". Wobei Steffen und ich durchaus überlegten, auch unser Profil an dieser Stelle auf ein „Ja" zu ändern. Wir waren mittlerweile bereit zum Partnertausch, wir machten es, und wir liebten es. Dennoch war mir das etwas vage „Vielleicht" noch immer lieber, weil es mehr Raum für Fantasie ließ.

Vielleicht war das bei Tabia und Marius ja ebenso. Auf jeden Fall waren sie ein süßes Pärchen. Tabia war mit ihren 1,62 Meter kleiner als ich, dabei schlank, fast schon zierlich und hatte – so zeigten es die Bilder im Profil sehr deutlich – wunderschöne kleine und offensichtlich feste Brüste. Auf einem der Bilder versteckte sie sich nackt auf einem Holzfußboden sitzend hinter ihren langen, schwarzen Haaren. Das sah sehr erotisch und stilvoll aus. Marius war 1,75 – als Mann also auch nicht eben ein Riese. Aber ich mochte ihn. Irgendwie sah er ein bisschen lausbubenhaft aus mit seinen kurzen, blonden Haaren. Ich war gespannt, die beiden näher kennenzulernen.

Als ich vom Bad kommend ins Schlafzimmer trat, warf ich mein Handtuch aufs Bett – und zwar ein paar Sekunden bevor ich die Tür hinter mir schloss. Sollten die beiden mir nachgesehen haben, so konnten sie mich nun zumindest für einen Moment von hinten nackt sehen. Und irgendwie hatte ich auch das Gefühl, dass sie genau das taten. Grinsend griff ich zur Bodylotion und cremte mich ein.

Als ich kurz darauf wieder auf die Terrasse kam, heizten die anderen gerade den Grill an. Auch Steffen war dabei und so setzte ich mich in die Hollywoodschaukel. Ich sah zu, wie alle vier Männer sichtlich bemüht waren, die Holzhohle zum Glühen zu bringen. Ich fragte mich, warum Männer beim Grillen eigentlich immer die Regie führen mussten. Während ich hin- und herschaukelte, genoss ich den leichten Wind, der dabei unter meinen dünnen Sommerrock zog. Wer jetzt im richtigen Moment herschaute, würde einen freien Blick auf meinen Slip haben, schoss es mir durch den Kopf. Der Gedanke gefiel mir. Aber die Männer waren ja beschäftigt und nahmen keinerlei Notiz von meinem Spiel mit der Schaukel und dem Wind. Dafür setzte sich Tabia zu mir.

„Schöner Rock", sagte sie.

Ah, dachte ich. Es gab also doch jemanden, der den kleinen Einblick registriert hatte.

„Danke" erwiderte ich lächelnd. „Deiner aber auch."

Mir fiel auf, dass alle Frauen Minirock trugen. Das mochte dem warmen Wetter geschuldet sein, aber sicherlich auch dem Umstand, dass dies hier ein Swinger-Treffen war. Wäre es eine Familienfeier, würde ich vielleicht auch diesen Rock tragen, mich aber mit Sicherheit nicht so hinsetzen wie in diesem Moment. Und vermutlich hätte ich auch einen anderen Slip gewählt.

„Die Männer haben ja offenbar grad was anderes zu tun, als uns unter die Röcke zu schielen", fügte Tabia hinzu.

„Genau das habe ich auch grad gedacht", entgegnete ich.

„Schöner Stoff", sagte Tabia und legte eine Hand auf meinen Rock – bevor sie sie auf meinen blanken Oberschenkel gleiten ließ. Ihre Berührung war sanft, ganz leicht und sehr erotisch. Ich spürte ein leichtes Prickeln, das sich noch verstärkte, als mir einfiel, dass Tabia als einzige hier in ihrem Internetprofil „bi" als Neigung angegeben hatte. Die anderen Frauen hatten genau wie ich lediglich die softere Version „bi-interessiert" genannt.

Sollte das erotische Spiel etwa schon beginnen? Es hat längst begonnen, flüsterte die Erotikfee in mir. Schon als du vorhin beim Betreten des Hauses deinen Rock kurz angehoben hast, hast du es selbst eröffnet. Und als du eben in der offenen Schlafzimmertür dein Handtuch abgestreift und dich Tabia und Marius nackt gezeigt hast, ist es weitergegangen. Ich musste lächeln. Natürlich hatte meine Erotikfee recht.

Tabia fühlte sich angelächelt und drückte mir einen sanften Kuss auf die Wange. Und bevor ich auch nur reagieren konnte, gab sie mir auch einen flüchtigen Kuss auf die Lippen. Oh oh, flüsterte meine Erotikfee. Was passiert denn hier? Aber Tabia beließ es dabei. Sie ließ lediglich ihre Hand auf meinem Bein und wir begannen, uns über die anwesenden Männer zu unterhalten – wobei sie auffällig großes Interesse an Steffen zeigte. War das nur Höflichkeit mir gegenüber? Oder offenbarte sie bereits ihre Präferenz für das, was hier noch kommen sollte? Nun ja, dachte ich. Mein Liebster war schließlich auch ein sehr attraktiver Mann. Und es tat gut festzustellen, dass auch andere Frauen das so sahen. Unwillkürlich stellte ich mir vor, wie Steffen es mit Tabia trieb. Die Fantasie erregte mich. Würde ich das an diesem Wochenende auch in der Realität erleben? Abwegig war der Gedanke ja nicht.

Als Tabia ihre Hand auf meinem Oberschenkel etwas höher wandern ließ, spürte ich mein Herz pochen. Wir sahen uns an, und Tabia küsste mich erneut. Ganz sanft und zärtlich, aber längst nicht so flüchtig wie zuvor. Ich erwiderte ihren Kuss.

„Steaks sind fertig", hörte ich in diesem Augenblick Daniels Stimme.

Manche Männer hatten das perfekte Händchen für den falschen Augenblick. Tabia und ich sahen uns missmutig an; der sanfte erotische Zauber zwischen uns war fürs erste verflogen.

„Na, holen wir uns was zu essen", sagte Tabia achselzuckend, stand auf und ging zum Grill. Ich blieb ein paar Sekunden sitzen, schaute ihr nach und fragte mich, wie sich ihr Po wohl anfühlen mochte, der sich deutlich in ihrem engen Mini abzeichnete. Erst nach einer ganzen Weile konnte ich mich so einigermaßen aufs Abendessen konzentrieren.

Die Sonne ging unter, und es wurde recht frisch auf der Terrasse. So schlug Daniel vor, ins Wohnzimmer zu wechseln und den Kamin anzuheizen. Als das Feuer brannte, versammelten wir uns auf dem großen Teppich und blickten auf ein Spielbrett, das unsere Gastgeber dort aufgebaut hatten.

Ach ja, dachte ich. In dem Posting war von erotischen Spielen die Rede gewesen. Aber mir wäre nicht in den Sinn gekommen, dass unsere Gastgeber damit ein Brettspiel gemeint hatten. Was wurde das denn? Doch als ich näher hinsah, wurde mir klar, dass es dieses Spiel sicher nicht in der Spielzeugabteilung bei Karstadt zu kaufen gab. Die Abbildungen auf dem Brett waren indische Kamasutra-Darstellungen, die Spielfelder enthielten Aufgaben, die erfüllt werden mussten. Und die waren offenkundig nicht jugendfrei.

„Es heißt Tschakka-Tschakka", erklärte Daniel. „Jeder bekommt eine Spielfigur, es wird gewürfelt, und wie bei Monopoly wandert man mit der Figur über das Spielbrett. Auf jedem Feld, auf das man kommt, steht eine Aufgabe, die zu erfüllen ist. Wir haben das schon ein paarmal gespielt und es jedes Mal als sehr anregend empfunden."

Sprachs und grinste breit. Aha, dachte ich: anregend. Wer Zweifel hatte, was er damit meinte, musste sich nur im Umfeld des Teppichs umschauen. An mehreren Stellen waren kleine Schälchen mit Kondomen platziert – wie überhaupt im gesamten Ferienhaus, wie mir bereits aufgefallen war. Sogar im Bad. Unsere Gastgeber hatten vorgesorgt. Ich musste daran denken, dass auch Steffen beim Besuch eines anderen Paares in unserer Wohnung ein paar Wochen zuvor an mehreren Stellen solche Schälchen verteilt hatte. Offenbar war das gar nicht so ungewöhnlich in Swingerkreisen. Oder hatten mein Liebster und unser Gastgeber dieses Wochenendes nur den gleichen Tick?

„Wir setzen uns im Kreis um das Spielbrett, immer abwechselnd ein Mann und eine Frau", erläuterte Daniel weiter. „Dabei bitte nicht neben den eigenen Partner setzen. Ach ja, und außerdem: alle in Dessous."

„Das hättest du aber etwas früher ankündigen können", entgegnete Tabia. „Dann hätte ich zumindest einen BH druntergezogen."

Trotzdem zog sie sich wie alle anderen aus. Nur dass sie dann tatsächlich als einzige Frau von Anfang an oben ohne war. Sie hat wirklich schöne Brüste dachte ich. Klein, fest und toll geformt. Aus irgendeiner Eingebung heraus hatte ich mir nach dem Duschen einen BH angezogen, obgleich ich ihn sonst auch gern mal wegließ – vor allem, wenn ein Swinger-Date anstand. Aber auch die Männer hatten nach dem Ausziehen alle nur noch ihre Slips an, so dass insgesamt von Anfang an viel nackte Haut vorherrschte und Tabia keineswegs underdressed war. Ein Ausziehspiel sollte das also nicht werden, wie ich zunächst vermutet hatte.

Sich so zu setzen, dass niemand neben dem eigenen Partner saß, war bei vier Paaren gar nicht mal so einfach, stellten wir fest. Mehrfach musste der ein oder andere seinen gerade eingenommenen Platz wieder verlassen, damit sich wirklich jeder neben einem fremden Partner wiederfand. Als diese etwas unruhige Phase beendet war, saß ich zwischen unserem Gastgeber Daniel und Tabias Freund Marius. Ich lächelte beide kurz an, suchte mir die gelbe Spielfigur aus und setzte sie auf das Startfeld, auf das acht Figuren kaum draufpassten. Dabei verdeckten die Figuren die Schrift auf dem Feld, sodass niemand die Eingangsaufgabe erkennen konnte.

„Mit einem Glas Sekt wird leidenschaftlich Brüderschaft getrunken", las Daniel die Startaufgabe dennoch vor, die er offensichtlich auswendig kannte. Ines reichte währenddessen Sektgläser herum. Noch mehr Alkohol, maulte die Mahnerin in mir. Das war beim Grillen doch schon zu viel gewesen. Ich ignorierte sie und griff wie alle anderen zu. Ich stieß mit Daniel an und gab ihm einen flüchtigen Kuss auf die Wange.

„Es wird leidenschaftlich Brüderschaft getrunken", zitierte Daniel erneut die Aufgabe, stellte sein Glas zur Seite und küsste mich noch einmal. Diesmal aber auf den Mund und das recht intensiv. Ach so, dachte ich und fühlte mich ein wenig überrumpelt. Trotzdem nahm ich achselzuckend mein Glas und wandte mich Marius zu. Ihm gab ich von vornherein einen richtigen Kuss. Nicht so intensiv wie eben der von Daniel, aber doch deutlich mehr als ein Küsschen.

Tabias Freund fühlte sich männlich und erotisch an, obgleich er der kleinste unter den Männern war und mit seinen blonden Haaren eher soft wirkte. Als wir uns wieder voneinander lösten, sah die mir gegenüber sitzende Tabia uns lächelnd an – um anschließend mit Steffen anzustoßen und ihn ausge-

24

sprochen leidenschaftlich zu küssen. Nun ja, so war die Aufgabe. Wobei die beiden sie sicher auch mit etwas weniger Intensität erfüllt hätten. Vielleicht hätte ich Marius ebenso küssen sollen, schoss es mir durch den Kopf. Der Gedanke gefiel mir. Mal schauen, ob sich dazu im Laufe des Spiels noch die Gelegenheit finden würde. Natürlich wird die sich finden, hauchte verheißungsvoll meine Erotikfee.

Nachdem sich jeder mit seinen beiden Nebenspielern küssend verbrüdert hatte, durfte jeder einmal würfeln. Felix hatte dabei als einziger eine Sechs und durfte somit beginnen. Er würfelte erneut und es fiel eine Vier.

Erzähle deinen Mitspielern, was du beim Sex gerne mal machen würdest, stand auf dem Feld. Ich blickte ihn neugierig an. Felix war der Mann in der Runde, den ich am wenigsten einschätzen konnte. Er wirkte eher verschlossen, fast schon geheimnisvoll. Aber er hatte trotzdem ein charmantes Lächeln, das mir gefiel. Jetzt musste er etwas von sich preisgeben.

„Machen", sagte Felix zögernd. „Ich würde vielleicht sagen: machen lassen. Ich würde mich gern mal ganz allein von mehreren Frauen zugleich verwöhnen lassen. Drei oder vier Ladies allein für mich", setzte er an. Und bevor er richtig ausholen konnte, hielt Daniel eine kleine Sanduhr in die Luft.

„60 Sekunden sind um", verkündete er. „Der nächste ist dran."

Aha, stellte ich fest. Für jede Aufgabe hatte man also ganz genau eine Minute Zeit. Das konnte lang oder kurz sein – je nach Aufgabe.

Als nächstes würfelte Ines eine Zwei: *Ziehe einem Mitspieler ein Kleidungsstück deiner Wahl aus,* verlangte die Aufgabe. Ines blickte in die Runde, sah alle der Reihe nach an, und entschied sich schließlich dafür, den neben ihr sitzenden Marius von seinem Slip zu befreien. Damit war der erste in der Runde nackt.

Marius selbst erwürfelte sich die Aufgabe, einer Partnerin nach Wahl den Bauchnabel mit seiner Zunge zu liebkosen. Er revanchierte sich bei Ines, die die Augen schloss und die offenbar sehr kurzen 60 Sekunden sichtlich genoss.

Als nächstes war ich an der Reihe. Beim Würfeln war ich noch nie allzu weit gekommen, und so war es auch diesmal. Der Würfel blieb bei einer Eins liegen, und die Aufgabe lautete: *Lege verführerisch dein Oberteil ab.* Wie verführerisch darf es denn sein, dachte ich, stand auf und bewegte mich langsam tänzelnd zur Musik, die leise aus den Lautsprechern zu hören war. Ich öffnete meinen BH-Verschluss, ließ die Träger über die Schultern rutschen, hielt das Oberteil aber noch immer vor meinen Brüsten fest. Erst als ich sah, dass die Sanduhr abgelaufen war, warf ich es fort und setzte mich wieder auf den Teppich.

„Willkommen im Club", sagte die ebenfalls barbusige Tabia grinsend. Ich grinste zurück.

Als Daniel würfelte, kam er wie zuvor schon Ines auf das zweite Feld. Auch er sollte nun also jemandem ein Kleidungsstück ausziehen. Er brauchte allerdings nicht lange für seine Entscheidung, sondern sah mich lächelnd an und griff nach meinem Slip. Kurz darauf war der zweite Mitspieler nackt: ich.

„Willkommen im Club", sagte nun auch der ebenfalls nackte Marius zu mir – mindestens ebenso breit grinsend wie zuvor seine Freundin Tabia.

Ist ja doch ein Ausziehspiel, murmelte die Erotikfee in mir. Aber ich sollte bald feststellen, dass das hier lediglich ein Intro darstellte. Die schärferen Aufgaben sollten erst noch kommen.

Janin würfelte eine Sechs und erwarb sich damit das Recht, von ihrem rechten Mitspieler massiert zu werden. Das war Steffen. Ich wusste, wie gut er so etwas machte – und bedauerte Janin wegen der kurzen Zeit, die zur Verfügung stand. Sie begann unter seinen Händen gerade zu schnurren, als die Sanduhr ablief. Sie blickte ihn enttäuscht an, als er sich auf den Teppich zurücksetzte.

Auch Steffen würfelte eine Sechs und wurde von Tabia massiert. Als die schließlich würfelte, fiel eine Eins. *„Lege verführerisch dein Oberteil ab"*, las sie missmutig vor. „Na toll", sagte sie. „Das entfällt wohl wegen nicht vorhanden."

„Dann darfst du als Alternative etwas anderes ausziehen", entgegnete Daniel.

„Die Auswahl ist ja nicht allzu groß", murmelte sie, stand auf und streifte sehr langsam ihren Slip über die Beine.

„Willkommen im Club", konnte nun auch ich mir nicht verkneifen, zu ihr zu sagen. Und dieser Club wurde größer. Immerhin drei von acht Spielern waren jetzt nackt. Und es war gerade mal die erste Runde um.

Es wurde weiter gewürfelt, Felix durfte Tabias Brüste mit der Zunge liebkosen, Ines ließ sich massieren, Marius durfte sich eine Mitspielerin für einen Kuss aussuchen – und krabbelte zu Janin, mit der er 60 Sekunden leidenschaftlich knutschte.

Als ich wieder dran war, bekam ich die Aufgabe: *Küsse dein Gegenüber heiß und innig*. Mein direktes Gegenüber war Tabia. Sicherlich hätte ich auch den neben ihr sitzenden Felix oder Steffen auswählen können, geschlechtsspezifische Abweichungen waren ausdrücklich erlaubt. Aber ich krabbelte zu Tabia. Irgendwie hatte ich das Gefühl, dass unser softes Spiel von der Hollywoodschaukel hier gern eine Fortsetzung finden durfte. Wir knieten uns voreinander, umarmten uns und küssten uns. Es gehörte zwar nicht zu der Aufgabe, aber ich konnte nicht widerstehen, währenddessen ihren kleinen, süßen Po zu massieren. Er fühlte sich fest und weiblich an, und ich spürte auch ihre Hände auf meinem Po. Selbst als Daniel darauf verwies, dass die Sanduhr abgelaufen war, lösten wir uns nur sehr langsam voneinander und setzten uns zurück auf unsere Plätze.

„Deine Freundin küsst toll", sagte Tabia zu Steffen.

„Ich weiß", entgegnete er lächelnd und schaute mich verliebt an. Ich schickte ihm einen Luftkuss quer über das Spielfeld.

Beim weiteren Würfeln vergrößerte sich der Club der Nackten ziemlich schnell. Mal musste jemand einem Mitspieler den Slip ausziehen, mal musste jemand einen Strip hinlegen. Als ich erneut auf ein Kuss-Feld kam, suchte ich mir dafür den geheimnisvollen Felix aus – allein schon deshalb, weil er der einzige Mann im Raum war, den ich noch nicht geküsst hatte. Ich ging zu ihm, auch er stand auf und wir umarmten uns. Dabei drückte ich meinen Mund auf seinen. Er wirkte etwas spröde, seine Lippen waren nicht sonderlich feucht und öffneten sich nur ganz leicht. Ich war durchaus bereit gewesen zu einem Tanz unserer Zungen. Aber ich hatte den Eindruck, dass er daran gar nicht interessiert war. Daher blieb meine Zunge in meinem Mund und seine blieb in seinem Mund. Etwas irritiert kehrte ich auf meinen Platz zurück. Allerdings stellte ich dann doch mit einer gewissen Genugtuung fest, dass Felix' Schwanz nach unserem Kuss deutlich größer war als zuvor. So ganz kalt hatte ihn die Knutscherei mit mir wohl doch nicht gelassen, dachte ich und grinste in mich hinein.

Schließlich kam Steffen auf ein Feld mit der Aufschrift: *Wer in der Runde ist noch nicht nackt? Sei ihm beim Entblättern behilflich.* Viel zu tun gab es für ihn allerdings nicht mehr. Er selbst streifte seinen eigenen Slip ab und befreite anschließend noch Janin von ihrem String. Dabei beeilte er sich nicht gerade – und ließ nach Erledigung der Aufgabe auch noch kurz seine Finger über Janins blanke Muschi streichen, worauf sie mit einem undefinierbaren, aber ganz offensichtlich genussvollen Geräusch reagierte. Damit war der Club der Nackten vollständig.

Als Tabia anschließend würfelte, setzte sie ihren Spielstein auf das Feld: *Lass dich von einem Partner deiner Wahl an den intimsten Stellen streicheln oder mit dem Mund stimulieren.* Nachdem sie die Aufgabe verkündet hatte, kehrte eine gespannte Stille ein; jeder war neugierig, wen sie wählen und was passieren würde. Sie zögerte aber nicht lange, sondern lächelte meinen Liebsten an und ließ sich auf den Rücken sinken. Steffens Hände wanderten zwischen Tabias Beine, die sich dabei öffneten und er streichelte ihre glattrasierte Muschi. Schließlich tauchte er mit dem Kopf zwischen ihre Oberschenkel und ich konnte mir gut vorstellen, was er da tat. Sehen konnte ich es leider nicht so genau. Aber ich hörte Tabias leises Stöhnen, was Bestätigung genug war.

Das war wohl einer der Momente, in dem Tabia die Sanduhr verfluchte. Und Steffen mit Sicherheit auch. Ich wusste, wie gern er den Geschmack weiblicher Feuchtigkeit auf der Zunge hatte. Trotzdem ließen die beiden nach Ablauf der kurzen Zeit wieder ganz brav voneinander ab. Das Spiel wird schärfer, flüsterte die Erotikfee in mir. Ich fragte mich, wen ich wohl auswählen würde, sollte auch ich noch auf dieses Feld kommen. Schließlich gab es ja eine gewisse Auswahl an Mitspielern – und an Mitspielerinnen.

Ist Lesbo-Time: Bestimme zwei Frauen, die der fröhlichen Runde eine heiße Nummer zeigen, stand auf dem Feld, auf das Daniel kurz darauf kam. Erneut präsentierte er der Runde sein breites Grinsen, genoss augenscheinlich die Rolle des Entscheiders und ließ langsam, sehr langsam seinen Blick durch die Runde gleiten.

„Na, da würde ich doch sagen: Nachdem Kirsten und Tabia uns vorhin schon so einen heißen Zungenkuss gezeigt haben, sind wir alle auf die Fortsetzung gespannt."

Ich musste schlucken. Nicht dass ich keine Lust auf Berührungen mit Tabia gehabt hätte. Im Gegenteil. Aber bei der Aufgabe und der Kürze der Zeit, hätte ich eher an einen erneuten Kuss gedacht. Doch mir war klar, dass alle jetzt mehr von uns sehen wollten. Ich blickte in die lüsternen Gesichter der gesamten Runde. Auch Steffen (vor allem Steffen) schien sehr gespannt zu sein, was ich mit dieser Aufgabe wohl anfangen würde.

Natürlich konnte jeder die Ausführung auch verweigern, aber dafür war das hier alles viel zu aufregend. Ich zögerte nur einen Augenblick – und ich spürte meinen Herzschlag. Bevor ich mir weitere Gedanken machen konnte, kam Tabia zu mir, küsste mich kurz auf den Mund und versenkte ihren Kopf anschließend in meinem Schoß. Ich lehnte mich zurück, öffnete meine Beine und genoss ihre Zunge an meiner Muschi. Sie leckte sehr gefühlvoll und ließ einen Finger in mich hineingleiten. Ich hatte Lust, auch sie zu lecken, doch dafür würde ganz sicher die Zeit nicht reichen.

Tabia aber schien den gleichen Gedanken zu haben, legte sich verkehrt herum auf mich, und senkte ihren Schoß über mein Gesicht, während sich ihr Kopf erneut zwischen meinen Oberschenkeln vergrub. Ihre Muschi war feucht, und der Gedanke, dass ein Teil dieser Feuchtigkeit Steffens Speichel war, machte mich zusätzlich an. Ich leckte sie und wurde von ihr geleckt, bis sie schließlich wieder von mir herunterkrabbelte und wir uns zögernd auf unsere Plätze setzten – obgleich niemand etwas von einer abgelaufenen Sanduhr gesagt hatte.

Das waren eindeutig mehr als 60 Sekunden gewesen, schoss es mir durch den Kopf. Ich sah Daniel fragend an, der ganz unschuldig die Schultern hob.

„Die Sanduhr muss wohl verstopft sein", murmelte er.

„Oder wie oft hast du sie umgedreht?", entgegnete ich, erhielt als Antwort aber nur ein Lächeln. Später erzählte mir Steffen, dass unser gegenseitiges Lecken unglaublich geil ausgesehen habe. Alle hätten geradezu gebannt auf uns gestarrt, niemand sei auf die Idee gekommen, die Sanduhr auch nur anzufassen.

Nun war ich wieder mit Würfeln an der Reihe. *Streichle den Luststab deines rechten Mitspielers und verwöhne ihn*, stand auf dem Feld, auf das ich meine Figur setzte. Mein rechter Mitspieler war Daniel, der ausgesprochen erfreut auf meine Aufgabe reagierte.

„Na dann", sagte ich lächelnd. „Aber nicht wieder die Sanduhr vergessen."

Meine Finger tasteten zu seinem halbsteifen Schwanz, der unter meinen Berührungen rasch härter wurde. Ich beugte mich zu seinem Schoß hinunter und hauchte die Eichel sanft an. Als ich mich entschloss, auch daran zu lecken, hörte ich eine Stimme in der Runde: „Zeit ist um!" Also gab ich ihm nur einen flüchtigen Kuss auf den Schwanz und ließ von ihm ab – um im nächsten Moment in leicht enttäuschte Augen zu schauen. Meine Teufelin schenkte ihm ein Extralächeln.

„Ich glaube, du brauchst eine größere Sanduhr", sagte ich leise zu Daniel. Ich beschloss, seinen Schwanz an diesem Abend doch noch zu blasen, falls sich die Gelegenheit ergeben sollte. Natürlich wird sich die Gelegenheit ergeben, flüsterte meine Erotikfee. Vermutlich hatte sie wie immer recht.

Als nächstes war Marius dran, der auf dasselbe Feld kam wie ich. Allerdings hatte die Aufgabe noch einen Zusatz: *Bist du männlich, dann suche dir eine Mitspielerin, die das bei dir übernimmt.*

„Ach Kirsten", sagte er. „Das sah grad so gefühlvoll aus, was du da mit Daniel gemacht hast. Ich glaube, die Wahl fällt mir nicht schwer."

Warum wählten eigentlich alle mich aus, wenn die Wahl frei war, fragte ich mich. Naja, zumindest fast alle. Aber brav tastete ich auch zu dem Schwanz links von mir – der allerdings bereits ganz steif war. Ich streichelte ihn, pustete ihn ebenfalls an, und da niemand etwas von der Sanduhr sagte, nahm ich ihn auch in den Mund. Als ich nach meinem kurzen Blasen aus seinem Schoß wieder auftauchte, strahlte Marius mich an. Ob Daniel wohl sauer war, dass ich Marius mehr gegeben hatte? Sein Problem, dachte ich nur.

Ines würfelte sich auf das *Its-Lesbo-Time-Feld*. Nicht schon wieder ich, dachte ich, obgleich ich das Lecken mit Tabia sehr genossen hatte. Aber Ines stand auf und ging zu Janin. Die beiden Frauen umarmten und küssten sich, Ines streichelte und küsste Janins große Brüste – und damit beließen die beiden es. Das reicht eigentlich auch für die Aufgabe, dachte ich. Trotzdem erregte mich der Gedanke, dass Tabia und ich der Runde weit mehr gezeigt hatten.

Felix war nun dran. *Schließe die Augen und finde heraus, wer gerade deine Liebesgrotte / dein bestes Stück mit der Zunge liebkost*, lautete die Aufgabe. Er sagte nichts dazu, sondern stützte sich lediglich mit den Armen nach hinten ab und schloss die Augen. Sein Schwanz ragte steif und steil in die Luft. Ganz offensichtlich hatte er den größten Penis unter den anwesenden Männern – obgleich auch der von Steffen nicht gerade klein war. Es reizte mich durchaus, da mal zuzugreifen – zumal ich an seiner Erektion sicherlich nicht ganz unschuldig war.

Doch Tabia war schneller. Sie beugte sich in seinen Schoß und leckte die Eichel. Im nächsten Moment beugte sich von der anderen Seite auch Ines dazu, so dass Felix zwei Zungen spüren durfte. Das sah heiß aus. Und als die Zeit um war, gaben Ines und Tabia sich noch über dem Schwanz einen kurzen Kuss. Eigentlich hatte nur Tabia in ihrem Profil eine eindeutige Bi-Neigung angegeben, schoss es mir durch den Kopf. Aber aufgeschlossen dafür waren offensichtlich alle anwesenden Frauen. Die Vermutung bekam ich erneut bestätigt, als auch Tabia auf dieses Feld kam, und Janin die Ausführung der Aufgabe bereitwillig übernahm – was Felix wohl ein wenig enttäuschte. Vermutlich hatte er sich für Tabias Liebkosungen revanchieren wollen, hatte aber für eine Sekunde zu lang gezögert.

Die Atmosphäre im Raum knisterte stärker als das Feuer im Kamin. Ich war mir nicht sicher, ob wir dieses Spiel überhaupt bis zum Ende durchhalten oder im nächsten Moment nicht alle wild übereinander herfallen würden. Gewundert hätte mich das nicht. Genügend aufgeheizt dafür waren wir inzwischen mit Sicherheit. Alle – auch der spröde Felix. Das hier konnte nur in einer wilden Massenorgie enden, dachte ich. Die Frage, ob ich so etwas überhaupt wollte, stelle ich mir längst nicht mehr.

Doch das Spiel ging weiter. Steffen erwürfelte sich die Aufgabe, eine kleine Köstlichkeit aus dem Schoß seiner rechten Mitspielerin zu naschen. Er zögerte, ob er dafür lieber Sekt, die bereitstehende Sprühsahne oder Honig verwenden sollte, entschied sich dann aber für die Sahne. Er sprühte Tabia einen großen Klecks zwischen die Beine und leckte sie anschließend genüsslich sauber. Ich fragte mich, was da eigentlich die Köstlichkeit war: die Sahne oder die Feuchtigkeit, die er außerdem jetzt schmecken musste. Dass Tabia inzwischen sehr feucht war, wusste ich ja schließlich selbst nur zu gut. Und als Steffen wieder aus ihrem Schoß auftauchte, hatte er glänzende Lippen. Es gehörte zwar nicht zum Spiel, aber ich konnte nicht anders: Ich stand auf, ging zu meinem Liebsten und küsste ihn. Als ich zurück zu meinem Platz ging, grinsten alle mich an.

Ich zuckte entschuldigend mit den Schultern: „Das musste grad mal sein", murmelte ich.

Janin kam auf das gleiche Feld wie mein Liebster. Sie griff zum Honig und schmierte damit Steffens Schwanz ein, um ihn anschließend ganz langsam abzulecken. Aber sie leckte nicht nur, sondern nahm ihn auch in den Mund und lutschte ihn sorgfältig sauber.

„Pass auf, Janin", sagte Daniel schmunzelnd. „Sonst bekommst du zum Honig auch noch Sahne."

Alles lachte. Doch ich dachte bei mir: Von wegen. Ein Schnellspritzer ist Steffen nun wirklich nicht. 60 Sekunden würden dafür jedenfalls kaum ausreichen. Aber immerhin schien der Honig vollständig verschwunden zu sein.

Als ich wieder an der Reihe war, kam ich auf das Feld: *Dein rechter und linker Mitspieler verwöhnen dich nach Lust und Laune*. Das konnte ja nun alles Mögliche bedeuten. Ich schloss die Augen und wartete ab, was passieren würde. Im nächsten Moment spürte ich ein Lippenpaar an meiner linken Brust, sofort darauf ein anderes an der rechten. Während Marius und Daniel an meinen Brustwarzen leckten, tastete sich eine Hand in meinen Schoß. Fast automatisch öffnete ich die Beine. Sanfte Finger strichen über meine Schamlippen und einer der Finger glitt in mich hinein – völlig mühelos. Feucht genug dafür war ich längst. Als er sich aus mir zurückzog, folgte ihm von der anderen

Seite der Finger einer anderen Hand. Es fühlte sich einfach nur geil an.

Als die Zeit um war, öffnete ich die Augen und sah in Marius' Lächeln. Er zeigte mir einen glänzenden Finger und leckte ihn ab. Kurz entschlossen gab ich ihm einen kurzen Kuss. Und um keinen meiner beiden Verwöhner zu benachteiligen wandte ich mich auch zur anderen Seite und küsste Daniel ebenfalls. Sein Lächeln wurde zum Strahlen.

Kurz darauf würfelte sich Felix auf das Feld: *Die gute Fee war gerade da und du hast einen Wunsch frei.* Hatte Felix nicht zu Anfang des Spiels die Fantasie verraten, von mehreren Frauen gleichzeitig verwöhnt zu werden? Ich war gespannt auf seinen Wunsch. Er stand auf und präsentierte uns seinen steifen Schwanz.

„Ich wünsche mir einen Blowjob", sagte er. „Und zwar von allen Damen dieser Runde."

Ganz schön eng innerhalb von 60 Sekunden, dachte ich und ging wie die anderen drei zu ihm. Wir knieten uns vor ihn, nahmen nacheinander seinen Schwanz in den Mund und saugten alle kurz daran. Ich war mir ziemlich sicher, dass es zu seiner Fantasie gehörte, auf uns alle herabzublicken, während wir ihn verwöhnten. Er genoss es sichtlich. Und augenscheinlich haderte er mit der viel zu kleinen Sanduhr – auch wenn Daniel gnädig war und sie ein zweites Mal umdrehte.

Auch in den nächsten Spielzügen wurde viel geblasen und geleckt. Je weiter das Spiel fortschritt, umso heftiger wurden die Aufgaben. Als Daniel wieder an die Reihe kam, erhielt er die Aufgabe, die 69-er Stellung mit der jüngsten Mitspielerin zu demonstrieren. Im ersten Moment schaltete ich nicht, aber als mich alle ansahen, wurde mir bewusst, dass ich mit meinen 24 Jahren ganz eindeutig die Jüngste in der Runde war – während Daniel doppelt so alt war wie ich. Damit war er auch der Älteste hier, was mich aber keineswegs störte. Er ließ sich nach hinten auf den Teppich sinken, ich legte mich auf ihn und senkte meinen Schoß über seinen Kopf. Sofort war seine Zunge zwischen meinen Schamlippen und seine Hände auf meinen Pobacken, während ich seinen Schwanz in den Mund nahm. Daniel zu blasen, hatte ich mir für diesen Abend ja ohnehin noch vorgenommen. Jetzt konnte ich mein in Gedanken gegebenes Versprechen erfüllen. Sein Schwanz war hart, und ich unterstützte mein Blasen mit der Hand. Als ich ein leichtes Zucken zu spüren glaubte, ließ ich von ihm ab, bevor es ihm kam. Niemand sagte, dass die Zeit um sei, aber offensichtlich hatte auch niemand die Sanduhr umgedreht, so dass Daniel und ich uns vermutlich deutlich länger liebkosten, als es das Spiel eigentlich vorgesehen hatte. Zum Spritzen bringen wollte ich ihn aber nicht. Schon gar nicht in meinem Mund.

Die Sanduhr beachtete zunächst auch niemand mehr als ich meine nächste Aufgabe bekam: *Verwöhne mit deiner Eichel die Klitoris deiner linken Mitspielerin, bist du weiblich, so wähle unter den jungen Wilden.*

Nun ja, weiblich war ich. Somit hatte ich die freie Wahl, mir einen Mann für diese Aufgabe auszusuchen – und mir wurde ein bisschen mulmig. Das war nun kein Knutschen oder Oralsex mehr, das war bereits die unmittelbare Vorstufe zum Geschlechtsverkehr. Natürlich hätte ich Steffen für die Ausführung dieser Aufgabe wählen können, aber das hätte irgendwie nicht gepasst und hätte wohl alle ein wenig enttäuscht – auch mich selbst, wie ich mir eingestehen musste. So lächelte ich Marius zu, der sich umgehend ein Kondom griff und es über seinen Schwanz rollte. Brav, sagte die Mahnerin in mir.

Mich jetzt einfach auf den Rücken zu legen und zu warten, dass Marius sich auf mich legte, war mir jedoch zu einfach. Ich entschied mich für den großen, schweren Esstisch. Ich legte mich darauf, spreizte die Beine, und Marius konnte die Aufgabe im Stehen ausführen – während auch die anderen aufstanden, um uns besser zusehen zu können.

Die Schwanzspitze liebkoste meine Schamlippen und streichelte schließlich wie verlangt meinen Kitzler. Ich spürte die Erregung in mir und aus irgendeinem Impuls heraus drückte ich Marius meinen Schoß entgegen – was er ganz offensichtlich als Aufforderung für mehr verstand. Im nächsten Augenblick war er in mich hineingeglitten. Zunächst nur ein wenig, dann mehr, dann ganz tief. Nein, flüsterte meine Erotikfee: Das ist nicht die Vorstufe zum Geschlechtsverkehr – das ist ein richtiger Fick.

Doch ich spürte nur wenige Stöße. Irgendjemand rief etwas von Sanduhr. Das war wie das Klingeln eines Weckers am frühen Morgen. Ich war geradezu empört, aber Marius akzeptierte doch tatsächlich diesen Weckruf und zog sich aus mir zurück. Das konnte er doch nicht machen! Er konnte doch nicht anfangen, mich zu ficken und dann sofort wieder aufhören! Ungläubig und mit halb geöffnetem Mund sah ich, wie er sich von mir abwandte und das Kondom wieder abzog. Soll hier etwa alles nur nach den Spielregeln ablaufen, fragte ich mich. Wenn irgendwann der Moment gewesen wäre, dieses Spiel in eine allgemeine Vögelei übergehen zu lassen, dann doch jetzt!

„Später mehr", sagte Marius nur lächelnd und wir gingen auf unsere Plätze zurück. Ich war ein wenig zittrig, gerade so, als hätten wir stundenlang gevögelt. Wie lange mochte er wohl in mir gewesen sein? Sicherlich länger als eine Sanduhr-Umdrehung brauchte. Aber wie viel mehr? Ich hatte jedes Zeitgefühl verloren.

Die anderen würfelten unverdrossen weiter. Ging das noch? War nicht längst der Zeitpunkt gekommen, das Spiel zur Seite zu schieben? Das mussten die anderen doch auch so sehen! Oder war ich etwa die Einzige, die jetzt nur noch ficken wollte? Ficken mit Marius, schoss es mir durch den Kopf. Ja, Marius – er war der Mann dieses Abends für mich. Mit ihm wollte ich es unbedingt tun!

Doch ich sah Ines würfeln. Sie sollte einen Dreier präsentieren.

„Wenn schon, dann aber einen richtigen Dreier", sagte sie, kniete sich vor Felix, nahm seinen großen Schwanz in den Mund und präsentierte ihr schönes Hinterteil – für wen auch immer. Erneut zog sich Marius ein Kondom über den Schwanz und ich sah missmutig zu, wie er Ines von hinten nahm. Das hätte ich jetzt eigentlich gern von ihm gewollt, dachte ich mit leichter Verstimmung. Hey, das ist ein Spiel, raunte meine Erotikfee. Lass sie spielen. Auch diesmal rieselte die Zeit erstaunlich langsam durch die Sanduhr, wie ich fand. Wann war dieses Spiel nur endlich zu Ende?

Doch es ging noch immer weiter. Felix kam nach seinem Würfeln noch einmal in den Genuss eines Blowjobs, diesmal allein von Tabia, aber ich sah inzwischen alles wie in Trance. Die Personen verschwammen, wurden undeutlich, wer machte da was mit wem? Das konnte doch eigentlich gar nicht wahr sein, dass die alle hier einfach weiterspielten statt übereinander herzufallen. Ich spürte ein immer stärkeres Verlangen, endlich richtig zu ficken und nicht nach Anleitung oder mit gestoppter Zeit.

Doch der Würfel fiel erneut. Janin setzte ihre Figur auf das Feld: *Du wirst von allen Mitspielern verwöhnt.* Lächelnd legte sie sich auf den Teppich, schloss die Augen und wartete, was passieren würde. Wie alle anderen stand auch ich auf und ging wie eine Schlafwandlerin zu ihr. Wir bildeten einen neuen Kreis um sie herum, und alle begannen, Janins nackten Körper zu streicheln. Vor allem männliche Hände wanderten immer wieder zu ihren großen, vollen Brüsten. Janin genoss es sichtlich, sieben Händepaare auf sich zu spüren. Es blieb aber nicht bei streichelnden und massierenden Händen. Marius und Tabia begannen fast gleichzeitig, ihre Brustwarzen zu küssen. Auch andere Lippen wanderten über ihren Körper. Daniels Kopf verschwand zwischen ihren Oberschenkeln, sie begann zu stöhnen – zunächst leise, dann immer deutlicher. Auch ich kniete mich neben Janins Oberkörper, beugte mich zu ihren Brüsten und küsste eine davon. An ihrer anderen Brust leckte nun Steffen, der mich mit einer Mischung aus Zärtlichkeit und Geilheit anlächelte. Ich gab ihm einen Kuss. Es war wundervoll, Lippen zu spüren, die vertraut waren.

Erst als wir uns wieder voneinander lösten, realisierte ich, dass da irgendeine Hand an meinem Po war, die sich zwischen meine Oberschenkel schob. Fast automatisch öffneten sich meine Beine und augenblicklich war diese Hand an meiner Muschi – wem auch immer sie gehören mochte. Ich bin doch gar nicht Janin, dachte ich. Sie ist es doch, die verwöhnt werden soll und nicht ich. Hier halten doch alle immer die Spielregeln ein.

Doch als ich aufblickte, sah ich, dass sich längst kaum noch jemand um die Erfüllung der letzten Aufgabe kümmerte. Zwar waren noch immer viele Hände und Lippen bei Janin, aber längst nicht mehr alle. Ich sah Felix, der die auf dem Rücken liegende Tabia leckte, während Ines zwischen seinen Beinen hockte und ihn hingebungsvoll mit den Lippen verwöhnte. Steffen schob in diesem Augenblick seinen steifen Schwanz zu Janins Mund. Sie nahm ihn bereitwillig, ja begierig auf. Nun war das Spiel doch in die erwartete Orgie übergegangen. Das Durcheinander hatte begonnen.

Ficken, dachte ich. Ich wollte jetzt endlich ficken. Wo war Marius? Ich entdeckte ihn, wie er gerade seinen Schwanz von hinten in Ines´ Muschi schob. Zu spät, stellte ich enttäuscht fest. Irgendwie hatte ich erwartet, dass Marius seit der kurzen Nummer am Esstisch ebenso heiß auf mich geworden sei wie ich auf ihn. Ganz offensichtlich hatte er jedoch eine andere Präferenz. Oder es war ihm ganz einfach egal, in wessen Muschi er jetzt seinen Schwanz stecken konnte?

Bevor meine Stimmung kippen konnte, spürte ich, wie jemand meine Pobacken griff. Ich sah mich um und blickte in Daniels Augen. Er hatte ein Kondom über dem Schwanz und sah mich fragend an. Ich lächelte und streckte ihm meinen Po entgegen. Er verstand das völlig richtig und war im nächsten Moment in mir. Wenn nicht Marius, dann eben ein anderer, dachte ich, als ich Daniels Schwanz in mir spürte. Ich ertappte mich bei dem Gedanken, dass es mir in diesem Augenblick beinahe egal war, wer mich nahm. Ich war derart aufgeheizt, dass ich unbedingt ficken wollte – mit wem auch immer.

Und mein Stecher machte seine Sache gut. Richtig gut! Seine Hände kneteten meine Pobacken fast bis zur Schmerzgrenze. Offensichtlich war er genauso heiß wie ich. Es fühlte sich geil an, endlich einen Schwanz zu spüren, der nicht nach ein, zwei Sanduhrumdrehungen wieder verschwand. Vielleicht erregte es Daniel zusätzlich, es mit einer Frau zu tun, die gerade mal halb so alt war wie er selbst, schoss es mir durch den Kopf. Merkwürdigerweise erregte auch mich dieser Gedanke. Aber über Altersunterschiede hatte ich mir beim Swingen bisher noch nie sonderlich Gedanken gemacht.

Während ich Daniels Stöße in mir spürte, nahm ich die anderen im Raum als wildes Knäuel wahr. Jeder schien es mit jedem zu treiben – und ich war mittendrin. Immer wieder spürte ich irgendeine Hand, die mich befummelte – am Arm, an der Schulter, am Rücken, am Busen, am Po. Auch ich griff hier und da zu einem der anderen Mitspieler, der gerade in Reichweite war – oder zu einer der anderen Mitspielerinnen.

Ich entdeckte Marius, der seinen Schwanz aus Ines zurückzog. Er war fast in Reichweite, allerdings auch nur fast. Ich streckte meine Hand nach ihm aus, wollte ihn blasen, aber da war plötzlich Janin dazwischen, die offensichtlich das Gleiche vorhatte – und umsetzte. Ich sah seinen Schwanz in ihrem Mund verschwinden. Ich war schon wieder zu spät für den Mann, auf den sich im Laufe des Abends meine Lust immer mehr gerichtet hatte.

Dafür lag plötzlich Tabia vor mir. Sie öffnete ihre Beine und wollte offensichtlich von mir geleckt werden. Ich erfüllte ihr den Wunsch. Wenn schon nicht Marius, dann zumindest seine Freundin, flüsterte meine Erotikfee. Ich schmeckte die Erregung dieser Muschi, die noch feuchter war als vorhin bei unserer Lesbo-Vorführung. Aber es war wohl etwas ruckhaft, was ich da tat. Mein Lecken passte sich notgedrungen Daniels heftigen Stößen an. Das änderte sich erst, als er sich aus mir zurückzog. War er gekommen? Nein, das hätte ich bemerkt. Daniel krabbelte an mir vorbei zu Tabias Kopf und bot ihr seinen Schwanz an, den er nun vom Kondom befreit hatte. Sie nahm ihn in den Mund und ich sah aus dem Augenwinkel seinen verklärten Blick. Klar, das machte ihn an: Mit der Jüngsten ficken und sich anschließend von der Zweitjüngsten einen blasen lassen.

Aber auch Tabia war sichtlich erregt. Offenbar genoss sie meine Zunge an ihrem Kitzler, die nun ihren eigenen Rhythmus finden konnte. Allerdings nicht allzu lange. Bald spürte ich neue Hände an meinem Po und kurz darauf einen neuen Schwanz in mir. War Marius endlich zu mir gekommen? Doch als ich mich kurz umschaute, sah ich Felix, der hinter mir kniete und mich stieß. Das machte er wesentlich besser als die spröde Knutscherei vorhin beim Spiel.

Ganz schön abgefahren, raunte meine Mahnerin: Du hast dich nehmen lassen, ohne zu wissen von wem. Du hast hier nicht Sex mit diesem oder jenem Partner, du bist Teil einer fickenden Masse geworden. Stimmt, lächelte zufrieden meine Erotikfee, und ich konzentrierte mich wieder auf Tabias Muschi. Kurz darauf hatte ich sie zu einem Höhepunkt geleckt, den sie laut hinausschrie.

Ich ließ von ihr ab, vernahm nun stärker Felix´ Stöße in mir und schaute zu, wie Tabia Daniel blies und ihre Bewegungen nun auch mit einer Hand unterstützte. Kurz darauf explodierte Daniels Schwanz in ihrem Mund, ohne dass sie ihre Lippen öffnete. Es war ganz offensichtlich, dass sie seinen Saft schluckte. Hätte ich das auch gemacht? Vermutlich nicht, dafür war Daniel mir nicht vertraut genug. Glücklicherweise machte Felix keine ähnlichen Anstalten, sondern fickte weiter, bis es ihm gekommen war. Daraufhin zog er sich aus mir zurück, ließ das Gummi über dem Schwanz, legte sich unter mich und lecke mich. Wundervoll, dachte ich. Ein Mann, der nicht nur an seine Befriedigung dachte. Er brauchte nicht lange, bis es auch mir kam.

Ermattet legte ich mich zu Tabia und gemeinsam schauten wir der abebbenden Orgie zu. Genau genommen hatten sich aus dem anfänglichen Durcheinander zwei Vierer gebildet. Erst jetzt fiel mir das auf. Und in keiner dieser beiden Viererkonstellationen war jemand mit seinem eigenen Partner beschäftigt. Auch Steffen war nicht bei mir. Jeder hatte jetzt ausschließlich Sex mit Fremden. Aber ich fand es schön, meinem Liebsten zumindest zuzusehen. Er kniete über Janins Oberkörper und hatte seinen Schwanz zwischen ihre Brüste versenkt. Ob er da wohl abspritzen würde? Bei mir hatte er so etwas schon mehrfach getan. Er mochte das.

Tatsächlich quoll kurz darauf sein Sperma zwischen Janins Brüsten hervor. Zu meiner Überraschung kniete sich Ines daneben, verrieb den Saft auf Janins Brüsten, leckte Steffens Schwanz ebenso wie Janins Busen ab und küsste anschließend Janin. Offensichtlich war ich die einzige Frau im Raum, die eine Abneigung gegen fremdes Sperma im Mund hatte. Vielleicht war ich dafür einfach noch zu unbedarft, schoss es mir durch den Kopf.

Würde ich je so abgebrüht werden, wie die anderen drei Frauen? Hoffentlich nicht, raunte meine Mahnerin. Es war vielleicht nicht sehr riskant, aber wirklich Safer Sex war das auch nicht mehr. Natürlich hatte meine Mahnerin recht. Aber in dieses Thema wollte ich meine Gedanken in diesem Augenblick nun wirklich nicht einsteigen lassen. Dafür war ich viel zu sehr im Hier und Jetzt und trotz Orgasmus noch immer reichlich aufgeheizt.

Doch ich spürte auch die zunehmende Müdigkeit in mir, und bekam wohl nicht mehr so ganz alles mit, was zu dieser späten Stunde noch um mich herum passierte – zumal das wohl auch nicht mehr allzu viel war. Nicht nur ich, auch die anderen kamen immer mehr zur Ruhe. Ich genoss ganz einfach die Finger, die sanft meinen Nacken kraulten – wem auch immer diese Finger gehören mochten.

Irgendwann musste ich wohl auf dem Teppich eingeschlafen sein. Erst als mir kalt wurde, zuckte ich zusammen. Ich stellte fest, dass mein Liebster neben mir lag und einen Arm um mich gelegt hatte. Ich fühlte mich geborgen, spürte aber immer mehr die Müdigkeit. So verzogen wir uns in unser Schlafzimmer. Die Orgie hatte sich ohnehin bereits aufgelöst. Offensichtlich waren auch alle anderen mittlerweile erschöpft von dem Treiben dieses Abends. Auch ich wollte einfach nur noch schlafen.

Kaum waren wir im Bett, begann Steffen jedoch, mich zu streicheln. Als er sich auf mich legte, war ich wieder hellwach.

„Geht doch gar nicht, dass ich als einziger Mann an diesem Abend nicht mit dir ficke", flüsterte er, während sein Schwanz in mich eindrang.

„Du bist nicht der einzige", entgegnete ich.

„So? Das habe ich aber anders wahrgenommen."

„Mit Marius habe ich nicht gevögelt."

„Klar hast du das. Hast du eure heiße Show am Esstisch vergessen?"

„Das zählt nicht. Das war während des Spiels und auch nur ganz kurz."

„Aber richtig drin war er da schon, oder?"

„Ja, naja, okay, war er. Aber nur ein paar Sekunden. Oder so."

„Hast du bedauert, dass er dich nicht richtig gefickt hat?"

Ich entgegnete nichts und zuckte lächelnd mit den Schultern. Aber beide wussten wir, dass das ein klares Ja war.

Steffen fickte mich mit sanften, langsamen Stößen. Nein, er fickte mich nicht, er schlief mit mir. Und genau das war es, was ich jetzt sehr genoss. Ich kam sehr schnell zu einem wundervollen Höhepunkt und genoss es, kurz darauf auch seinen Orgasmus in mir zu spüren. Vertraut, nah – und ohne Gummi. Wir küssten uns lange und zärtlich und schliefen schließlich ein.

Samstag:
Nackte Haut im Sonnenschein

Als ich am nächsten Morgen schlaftrunken in den großen Wohn-Essraum kam, standen Ines und Daniel bereits in der Küche und bereiteten das Frühstück vor. Die Kaffeemaschine verbreitete einen wundervollen Duft im Raum. Kaffee, dachte ich. Ja, den konnte ich jetzt brauchen. Ich spürte noch immer die viel zu große Menge Alkohol vom Vorabend – und wohl auch einen gewissen Schlafmangel.

„Ich seid tolle Gastgeber", sagte ich, gab beiden einen Kuss auf die Wange und verschwand ins Bad. Die beiden lächelten mir zu und machten weiter.

Im Spiegel schielte mich eine ziemlich unausgeschlafene Frau an, die eigentlich noch gar nicht das Bett hatte verlassen wollen. Unausgeschlafen, aber reichlich durchgefickt, dachte ich und lächelte mich mit einer gewissen Zufriedenheit an.

Ich ging in die Küche zurück, griff mir zwei große Becher und füllte sie mit Kaffee und Milch. Als ich damit gerade zu Steffen ins Schlafzimmer zurückkehren wollte, öffnete sich eine der anderen Schlafzimmertüren. Heraus kam Janin, lediglich mit einem Slip bekleidet. Sie sah genauso verschlafen aus wie ich mich fühlte. Ich lächelte ihr zu und empfand Seelenverwandtschaft. Allerdings nur für einen kurzen Moment. Denn direkt hinter ihr verließ nicht ihr Mann Felix das Schlafzimmer, sondern Marius. Aha, dachte ich. Offensichtlich hatte es da noch einen nächtlichen Partnertausch in getrennten Zimmern gegeben. Jedenfalls hatte Marius die Nacht nicht mit seiner eigenen Freundin verbracht. Ich ertappte mich dabei, dass mir der Gedanken nicht gefiel.

Wortlos ging ich mit dem Kaffee zu Steffen zurück, ohne auch Marius mit einem Guten-Morgen-Lächeln zu bedenken. Als ich mich noch einmal kurz zu ihm umdrehte, stellte ich fest, dass er mir nachsah. Für einen Moment trafen sich unsere Blicke, dann verschwand ich wortlos in meinem eigenen Schlafzimmer.

„Was stört dich daran?", fragte Steffen, als wir kurz darauf im Bett sitzend unseren Kaffee tranken. „Partnertausch in getrennten Räumen haben wir doch auch schon mal gemacht."

Das stimmte. Und meine Erotikfee zauberte mir bei der Erinnerung an jenes Treffen vor einigen Wochen wieder ein leichtes Lächeln ins Gesicht. Trotzdem gefiel es mir nicht, dass Marius mich während des großen Durcheinanders nach dem Spiel gar nicht mehr beachtet hatte – und dann auch noch die Nacht mit einer Frau verbracht hatte, die nicht seine eigene war.

Doch was störte mich daran, wiederholte ich in Gedanken Steffens Frage. Vermutlich war es die erotische Spannung, die durch die Aufgaben während des Spiels zwischen Marius und mir entstanden war. Die musste er doch auch gespürt haben. Oder gab es wirklich Männer, die derart stumpfsinnig und unsen-

sibel waren? Mit Marius hatte ich einige ziemlich heiße Aufgaben ausgeführt – und nichts wäre normaler
gewesen, als dies nach dem Spiel gemeinsam fortzu-
setzen und zu steigern.

Du wolltest mit ihm ficken, und er hat dich ignoriert, stellten meine Mahnerin und meine Erotikfee in
seltener Eintracht fest. Wie konnte ich den beiden
widersprechen? Ja, genau das störte mich – und zwar
sehr. Bisher hatte ich beim Swingen jeden Mann bekommen, den ich wollte. Dass mich einer links liegen
ließ, war eine gänzliche neue Erfahrung für mich.
Und die fühlte sich sonderbar an. Nachdenklich und
schweigend trank ich meinen Kaffee, ohne Steffen die
Frage zu beantworten.

Beim Frühstück herrschte wieder mehr Leichtigkeit. Wir versammelten uns am großen Esstisch, Tabia
kam mit Felix etwas verspätet dazu. Dass auch die
beiden die Nacht in einem Bett verbracht hatten, war
mir natürlich klar und für mein Empfinden auch völlig in Ordnung.

Wir aßen aufgebackene Brötchen, sprachen bei
Milchkaffee, Rührei und geräuchertem Lachs über
Wetter, Landschaft, Fußball und sogar ein wenig über
Weltpolitik – aber mit keinem Wort erwähnte einer
die Orgie der vergangenen Nacht. Marius versuchte
mehrfach, mich anzulächeln, aber ich wich seinem
Blick aus. Er saß genau an dem Platz am Esstisch, an
dem ich in der Nacht zuvor gelegen und für ihn die
Beine geöffnet hatte. Einmal strich er zwischen Kaf-
feetasse und Frühstücksbrettchen sehr langsam, gera-

dezu zärtlich mit der Hand über diese Stelle des Tisches. Wollte er mir damit vielleicht irgendetwas signalisieren?

Allerdings kippte er dabei fast seinen Kaffee um, so dass mit der Geste keinerlei Zauber zwischen uns entstehen konnte – und mir lediglich ein belustigtes Grinsen über das Gesicht huschte. Außerdem war ich nicht in der Stimmung, zwischen Marius und mir Zauber aufkommen zu lassen. Genussvoll biss ich in mein Nutellabrötchen und lächelte Daniel an.

Es war bereits Mittag, als wir das ausgiebige Frühstück beendet hatten. Nach und nach verschwanden alle unter der Dusche, ich beteiligte mich am Haushalt, während einige von uns zu einem Spaziergang aufbrachen. Auch Steffen und ich drehten etwas später nur zu zweit eine kleine Runde. Als wir zurückkamen, hatten einige der anderen Decken im Garten ausgebreitet und lagen nackt in der Sonne. Die Nächte waren in diesen Tagen zwar noch relativ kühl, aber tagsüber herrschte bereits Frühsommer. Jedenfalls war es in dem sicht- und windgeschützten Garten warm genug zum Sonnen. Auch Steffen und ich legten uns dazu und genossen die Sonnenstrahlen auf der Haut.

Obwohl alle nackt waren, herrschte eher eine friedlich-entspannte Stimmung, die zu einem warmen Nachmittag passte, an dem sich niemand so recht bewegen wollte. Der ein oder andere ließ seine Hand mal über einen Rücken, ein Bein oder auch eine Brust wandern, aber viel mehr passierte zunächst nicht.

Irgendwann schlief ich auf dem Bauch liegend ein, ganz entspannt durch die wohlige Wärme der Sonne und Steffens Hand auf meinem Po. Ich hatte in der Nacht zuvor eindeutig zu wenig geschlafen. Und anscheinend ging es nicht nur mir so.

Als ich wieder aufwachte, fühlte ich mich ein wenig benommen. Ich richtete mich auf und sah mich um. Auch Steffen war eingeschlafen, ebenso wie Ines auf der Decke neben uns und Felix, der neben ihr lag. Ich brauchte dringend etwas zu trinken und ging ins Haus. Ich holte mir eine Cola aus dem Kühlschrank und trank sie im Stehen aus.

Als ich in den Garten zurückkehren wollte, kam mir Marius in dem engen Flur entgegen. Er war ebenso nackt wie ich. War er mir ins Haus gefolgt oder war das eine Zufallsbegegnung? Wir blieben voreinander stehen und sahen uns für eine Ewigkeit von mehreren Sekunden wortlos an.

Da war sie wieder: die Spannung, die während des Spiels zwischen uns geherrscht hatte. Niemand hätte mir in diesem Moment erzählen können, dass Marius das nicht ebenso wahrnahm wie ich. Und plötzlich, ohne ein Wort zu sagen, packte er meine Pobacken, drückte mich an sich und küsste mich – wogegen ich mich weder wehren konnte noch wollte.

Sein Kuss war heftig, seine Hände kneteten meinen Po. Ich spürte, wie sich sein schnell steif werdender Schwanz gegen meinen Bauch drückte. Als sich unsere Lippen wieder voneinander lösten, sahen wir uns erneut in die Augen. Marius hob mich kurz an und setzte mich auf die Flurkommode, die hinter mir stand. Er griff neben mich und hatte im nächsten Augenblick etwas in der Hand – ein Kondom. Unsere Gastgeber hatten sie wirklich überall verteilt, auch hier im Flur stand ein Schälchen.

Beinahe wie in Trance sah ich zu, wie Marius die Packung aufriss und sich das Gummi über den Schwanz rollte – ohne dabei den Blick von mir zu nehmen. Ich konnte gar nicht anders, als meine Beine für ihn zu öffnen. Im nächsten Moment war er auch schon in mir – in der gleichen Stellung wie am Vorabend am Esstisch. Nur mit dem Unterschied, dass ich mich auf der Kommode nicht hinlegen konnte, sondern aufrecht saß. Was die Sache eher noch aufregender machte, weil wir uns die ganze Zeit über in die Augen sahen. Er fickte mich zunächst langsam, dann immer schneller und mit immer heftigeren Stößen, bis es ihm schließlich kam – viel zu schnell, wie ich fand. Aber ich spürte seinen zuckenden Schwanz deutlich in mir und fand es geil, was er mit mir tat. Allerdings war mir klar, dass die schnelle Nummer damit wohl auch schon wieder vorüber war und dieser Mann mir keinen Orgasmus bescheren würde. Das hätte ich jetzt wohl selbst für mich tun müssen. Doch danach war mir nicht.

„Das musste sein", sagte er keuchend, während er seinen Schwanz aus mir zurückzog und das Gummi abstreifte.

Ja, dachte ich, da hast du absolut recht: Das musste sein! Ich sprach es aber nicht aus, sondern entgegnete mit gespielter Unschuld: „Ach so? Das musste sein?"

Statt einer Antwort bedachte er mich mit einem verschmutzten Grinsen. Wir umarmten uns noch kurz, dann aber setzte jeder seinen Weg fort – Marius ins Haus, ich den Garten. Sex im Vorübergehen, dachte ich mit einer Mischung aus Irritation und Faszination. Ohne mich umzudrehen spürte ich seine Blicke auf meinem nackten Po, den ich sehr bewusst bewegte.

Als ich mich wieder zu Steffen auf die Decke legte, wurde er ein wenig unruhig, wenn auch nicht ernsthaft wach.

„Geht's dir gut?", fragte mein Liebster schlaftrunken, während ich mich an ihn kuschelte.

„Ja", sagte ich zufrieden in der Tonlage einer schnurrenden Katze. „Ich habe grad mit Marius gefickt."

„Ach so", sagte Steffen noch immer reichlich verschlafen.

Eine Sekunde später stutzte er, sah mich an und war plötzlich hellwach: „Du hast grad mit Marius gefickt?"

Ich nickte und lächelte ihn an. „Aber es war nur ein ganz kleiner Quickie im Hausflur. Und so richtig befriedigt bin ich offen gestanden nicht", fügte ich hinzu, während ich mich noch enger an ihn drückte. Wie fast immer verstand mein Liebster mich. Sein anfangs

55

reichlich erstaunter Blick ging zunehmend in ein Lächeln über. Dann küsste er mich und ließ eine Hand in meinen Schoß gleiten.

„Du bist ja ganz schön feucht", flüsterte er, während er mich zu streicheln begann. Er war sanft und fand auf Anhieb den richtigen Punkt wie auch den richtigen Rhythmus. Doch bevor ich zum Höhepunkt kam, spürte ich fremde Hände auf meinen Beinen, die langsam aufwärts wanderten. Ich schaute nach unten und sah Tabia. Sie lächelte mir zu und versenkte ihren Kopf zwischen meinen Oberschenkeln. Ich spürte ihre Lippen auf meinen Schamlippen, dann ihre Zunge an meinem Kitzler, wo sie Steffens Finger ablöste. Während sie mich leckte, begann mein Liebster an meinen Brüsten zu spielen und zu saugen. Beides gleichzeitig zu spüren erregte mich sehr. Tabia brauchte nicht lange, und mich durchzuckte ein Orgasmus. Wundervoll, dachte ich. Sie hatte zu Ende gebracht, was ihr Freund begonnen hatte.

Als mein Höhepunkt schließlich abgeebbt war, spürte ich Tabia nicht mehr, wohl aber noch immer Steffens saugende Lippen auf meinen Brüsten, die eher noch verlangender wurden. Als ich wieder zu ihr sah, hatte sie seinen Schwanz im Mund. Fasziniert sah ich zu, wie sie ihn tief aufnahm. Ich beschloss, dass wir sie in die Mitte nahmen und vergrub meinen Kopf zwischen ihren Beinen. Ihre glattrasierte Muschi duftete verführerisch, als ich ihr näherkam. Ich wollte sie lecken – nicht nur, weil sie mir grad eben einen so wundervollen Orgasmus beschert hatte.

Ich hatte ganz einfach Lust auf sie. Meine Zunge fand ihren Kitzler und ein Finger den Weg in sie hinein. Es war deutlich zu spüren, dass sie genoss, was ich mit ihr tat. Und es dauerte nicht lange, bis auch sie zu einem Höhepunkt kam – ebenso sanft und still wie kurz zuvor ich selbst. Mit ihrer Feuchtigkeit auf meinen Lippen lächelte ich sie an. Sie erwiderte mein Lächeln, konzentrierte sich dann aber wieder ganz auf Steffen. Ich ahnte, dass auch er fast so weit war. Würde sie sich wieder in den Mund spritzen lassen, wie sie es am Abend zuvor mit Daniel gemacht hatte? Steffen wäre sicher begeistert. Ich wusste, wie sehr er es mochte, wenn ich das mit ihm tat.

Aber unmittelbar bevor er kam, ließ Tabia Steffens Schwanz aus dem Mund herausgleiten und machte nur noch mit der Hand weiter. Zwei, drei Sekunden später spritzte sein Saft heraus und landete zum größten Teil auf Tabias kleinen Brüsten und an ihrem Hals. Fasziniert sah ich, wie das Sperma meines Liebsten über ihre Haut lief. Ich beugte mich zu ihr und küsste sie – um anschließend mit Lippen und Zunge der feuchten Spur zu folgen, die Steffen auf ihrem schönen Körper hinterlassen hatte.

Während ich den Saft von Tabias glatter Haut leckte, musste ich an den Vorabend denken, als Ines Steffens Sperma von seinem Schwanz und von Janins Brüsten geschleckt hatte. Ich tat hier gerade das Gleiche – und dennoch war es für mein Empfinden etwas völlig anderes. Denn ich leckte das Sperma meines Liebsten ab und nicht das eines anderen Mannes. Mit fremdem Sperma hätte ich das ganz sicher nicht getan.

Tabia hatte derlei Bedenken offensichtlich nicht. Unvermittelt küsste sie mich – gerade so, als wolle sie doch noch etwas abbekommen von Steffens Saft. Viel war das aber nicht mehr, denn ich hatte geschluckt, was ich in den Mund bekommen hatte. Den Geschmack auf meinen Lippen konnte sie aber dennoch kosten.

„Ihr seid geil", sagte sie nach dem Kuss – und küsste anschließend auch Steffen.

Zufrieden und befriedigt kuschelte ich mich in Steffens Arm. Ich fand auch nichts dabei, dass Tabia sich in seinen anderen Arm schmiegte und so den Anschein einer ähnlichen Vertrautheit herstellte, wie sie zwischen Steffen und mir bestand. Ich spürte, dass mein Liebster sich in diesem Moment wie ein Pascha fühlte und musste in mich hineinlächeln. Aber ich freute mich, dass es ihm gut ging und er es genoss, zwei nackte Frauen im Arm zu halten.

Als ich über Steffen hinweg auf die Decke neben uns schielte, lagen dort Ines und Felix und schliefen tief und fest. Offensichtlich hatten sie von unserem kleinen Dreier nicht das Geringste mitbekommen. Wo waren wohl die Partner der beiden? Vergnügten sich Janin und Daniel irgendwo miteinander? Eigentlich war mir das egal. Nicht egal war mir hingegen Marius. Es wäre schön gewesen, wenn er sich zu unserem Dreier-Kuscheln dazugesellt hätte. Irgendwie hatte ich das Gefühl, dass er hier jetzt fehlte – sozusagen, um das Viereck der zwei Paare perfekt zu machen. Aber von ihm war nichts zu sehen. Hatte ich ihn etwa bei unserem Quickie im Flur so gefordert, dass er irgendwo im Haus eingeschlafen war?

Ich geriet in Versuchung nachzuschauen, wollte aber auch unsere harmonische Dreisamkeit nicht so gern aufgeben. Tabia hatte sich inzwischen ganz eng an Steffen geschmiegt, kraulte ihm mit den Fingern sanft durchs Haar und küsste ihn auf die Wange. Er neigte sich zu ihr und gab ihr einen kleinen Kuss. Dann noch einen und noch einen, und schließlich begannen die beiden, richtig zu knutschen. Tabia schmiegte sich noch enger an ihn, was eigentlich kaum noch möglich war. Die beiden wurden so innig und zärtlich miteinander, dass meine Mahnerin mich fragte, ob das nicht vielleicht ein Moment war, an dem ich eifersüchtig werden müsste. Doch ich spürte nichts dergleichen. Ich empfand es sogar als ausgleichende Gerechtigkeit, dass die beiden so innig miteinander waren, nachdem ich ja kurz zuvor (im Grunde genommen heimlich) eine Solonummer mit Tabias Freund gehabt hatte. Ich beschloss, Tabia und Steffen allein zu lassen und drückte beiden einen Kuss auf die Wange:

„Ich geh mal schauen, wo Marius steckt", sagte ich und stand auf.

„Ja, mach das", entgegnete Tabia. „Er hatte mir eben mit leuchtenden Augen von eurem Quickie im Hausflur erzählt. Er freut sich bestimmt, wenn er dich sieht."

Kann schon sein, dachte ich, während ich ins Haus ging. Aber warum kam er dann nicht auch in den Garten? Er wusste doch, wo wir waren – wo ich war.

Als ich durch den Flur kam, lag dort noch unser benutztes Kondom samt leerer Verpackung auf dem Fußboden. Marius hatte beides offenbar einfach da hingeworfen und nachher nicht mitgenommen. Nun ja, ich hatte es auch nicht besser gemacht. Ich hob beides auf und warf es in den Müll, wo ich weitere benutzte Kondome sah. Waren die noch von gestern Abend oder war hier etwas gelaufen wovon ich nichts mitbekommen hatte? Wer wusste das schon. Hier passierte ja so manches, wofür Kondome gebraucht wurden.

Wohnzimmer und Küche waren leer. Nirgendwo war von irgendeinem der anderen etwas zu sehen oder zu hören. Ich ging zum Schlafzimmer von Tabia und Marius. Ich stellte mir vor, dass ich dort vielleicht den schlafenden Marius entdecken würde – nackt auf dem Bett liegend. Was würde ich dann tun? Mich an ihn kuscheln? Ihm einfach einen blasen, um ihn auf die Weise zu wecken? Ihn bei der Hand nehmen und nach draußen zu seiner Freundin und meinem Freund locken? Ich wusste es nicht und vertraute einfach meiner Intuition. Leise öffnete ich die Tür und schaute in ein menschenleeres Zimmer, in dem lediglich zwei halb ausgepackte Reisetaschen und das zerwühlte Bettzeug auf die Bewohner hindeuteten.

Erst aus dem Zimmer unserer Gastgeber hörte ich leise Geräusche. Die Tür war nur angelehnt und ich schaute durch den schmalen Spalt hinein. In meinen

Blick kamen ein Arm und die Schulter eines Mannes, der auf dem Bett lag. Als ich die Tür ein klein wenig weiter öffnete, sah ich, dass es Daniel war. Ich hatte durchaus richtig vermutet: Er vergnügte sich mit Janin – während die Partner der beiden draußen im Garten in der Sonne lagen und den Schlaf der Gerechten schliefen. Daniel lag auf dem Rücken, Janin kniete zwischen seinen Beinen und ich sah, wie sein Schwanz in ihrem Mund verschwand. Ihr Blasen sah allerdings etwas ruckartig aus, gerade so als sei sie nicht völlig Herr ihrer Bewegungen. Ich öffnete die Tür noch etwas weiter und bekam den Verdacht bestätigt, der mich gerade zu beschleichen begann: Janin und Daniel waren nicht nur zu zweit auf dem Doppelbett. Hinter Janin kniete Marius und nahm sie von hinten.

Er war nach unserer Nummer im Flur offensichtlich längst nicht am Ende seiner Kräfte. Hier also steckte er – im wahrsten Sinne des Wortes. Seine Hände umfassten und kneteten Janins Pobacken. Er nahm sie mit kräftigen Stößen, während sie hingebungsvoll an Daniels Schwanz saugte – so gut das eben ging, wenn frau gleichzeitig gestoßen wurde. Ich wusste ja selbst, dass das nicht immer ganz perfekt zu koordinieren war. Aber Janin bekam das offensichtlich ganz gut hin.

Der Anblick sah geil aus. Trotzdem gefiel mir nicht, was ich sah. Es war doch gerade mal eine halbe Stunde vergangen, seit Marius mit mir gepoppt hatte. Oder hatte ich mein Zeitgefühl in der vor Sex geradezu wabernden Atmosphäre dieses Ferienhauses gänzlich verloren? Aber es war auch egal, ob nun zehn Minuten oder zwei Stunden vergangenen waren. Marius, mit dem ich vor Kurzem diesen unglaublich aufregenden Quickie im Flur gehabt hatte, war ganz einfach zur nächsten Frau weitergegangen, statt sich draußen zu uns zu gesellen. Statt sich zu mir zu gesellen! Was für ein Blödmann, grummelte mein Ego.

Hey, flüsterte nun allerdings meine Erotikfee, ihr alle hier seid Swinger. Was hast du erwartet an einem solchen Wochenende? Monogamie und Teetrinken? Natürlich wusste ich, dass sie recht hatte – und Marius konnte selbstverständlich tun und lassen, was er wollte. Aber dass er es auch tatsächlich tat, musste mir ja nicht gefallen.

In diesem Moment fiel Daniels Blick zur Tür. Er lächelte mich an und zwinkerte mir zu. Bisher hatte offensichtlich keiner der drei meine Anwesenheit wahrgenommen. Als Daniel mich nun jedoch ansah, wanderte auch Marius´ Blick zu mir – und sein Gesicht wandelte sich zu einem verlegenen Grinsen. Sieh einer an, flüsterte die Mahnerin in mir. Ist ihm das hier jetzt etwa peinlich? Wo wir doch alle Swinger sind? Meine Erotikfee schwieg.

Daniel machte eine einladende Handbewegung, der Marius sich anschloss. Beide Männer forderten mich auf mitzumischen. Jetzt schaute auch Janin zur Tür. Offensichtlich bemerkte sie mich erst jetzt. Ihr Blick war schwer zu deuten. Vermutlich genoss sie es in diesem Moment, die beiden Männer für sich zu haben. Sie hätte sicherlich nichts dagegen gehabt, wenn ich mich eingemischt hätte, ließ aber auch keine

Regung erkennen, dass sie es wollte. Doch selbst wenn auch sie mich mit Blicken oder einer Handbewegung eingeladen hätte – mir war nicht danach. Nicht jetzt, nicht in dieser Situation. Dafür war ich in diesem Augenblick einfach zu sehr verärgert über Marius. Das Gefühl musste sich erst wieder legen, bevor ich erneut Körperkontakt mit ihm aufnehmen konnte. Leise schloss ich die Tür und ließ die drei allein.

Ich beschloss, wieder nach draußen in den Garten zu gehen. Auf dem kurzen Weg durch das Haus schossen mir Bilder vor mein geistiges Auge, auf denen Steffen mit Tabia vögelte – und ich vielleicht grad stören könnte. So innig und schmusig die beiden da auf der Decke auf dem Rasen miteinander gewesen waren, hätte mich das gar nicht gewundert.

Ich fragte mich, ob mich das jetzt wohl stören würde – beschloss aber, dass das nicht der Fall sein konnte. Vor allem nach meinem Alleingang mit Marius wäre es geradezu absurd gewesen, wenn ich Tabia und Steffen das Gleiche verübelt hätte. So stellte ich mich durchaus leichten Herzens darauf ein, meinen Liebsten bei einem Fremdfick ertappen.

Doch ich fand bei beiden so vor, wie ich sie ein paar Minuten zuvor verlassen hatte: Arm in Arm und in flüsternder Unterhaltung. Als sie mich sahen, lächelten sie mir freundlich zu. Ich schmiegte mich in Steffens Arm und fühlte mich willkommen – und das nicht nur, weil grad jemand mit mir ficken wollte.

„Wo ist Marius?", fragte Tabia.

„Beschäftigt", entgegnete ich nur.

Tabia nickte und fragte nicht weiter nach. Aber natürlich zählte auch sie eins und eins zusammen – auch wenn das korrekte Ergebnis in diesem Fall drei hätte lauten müssen.

Von der Decke neben uns hörte ich ein leises, ganz sanftes Schnarchen. Ines und Felix schliefen noch immer. Und Ines hatte offenbar verstopfte Nebenhöhlen.

Zum Abendessen versammelten wir uns wieder am Grill auf der Terrasse. Niemand war mehr nackt, was sicherlich auch den etwas gesunkenen Temperaturen geschuldet war. Ich hatte mir ein kurzes Leinenkleid angezogen, die anderen Frauen waren ähnlich gekleidet – nur dass sie alle noch mehr Bein zeigten als ich. Auf den ersten Blick war dies ein Grillabend wie jeder andere: plaudern, trinken, essen – sonst nichts. Auch als es kühler wurde und wir uns vor den Kamin ins Wohnzimmer verzogen, passierte weiter nichts Aufregendes. Wir saßen locker im Raum verteilt, bei Bier und Wein, es herrschte eine ruhige, friedliche Stimmung, die weit von jener geradezu explosiven erotischen Spannung des Vorabends oder der von Sex geschwängerten Atmosphäre des Nachmittags entfernt war. Offenbar waren alle ein wenig satt nach all dem Sex der vergangenen 24 Stunden.

Irgendwann setzte sich Marius mit seinem Weinglas zu mir aufs Sofa.

„Das war heiß heute Nachmittag im Flur", sagte er.

„Ja, das stimmt", musste ich zugeben. „Das war es. Nur vielleicht ein bisschen sehr schnell."

„Es lebe der Quickie", sagte er achselzuckend und grinsend.

„Ich stehe eigentlich mehr auf Slow Food", entgegnete ich. „Aber alles zu seiner Zeit. Und heute Nachmittag war wohl tatsächlich die Zeit für einen Quickie."

„Wie ich hörte, war das für dich nur der Auftakt für einen Dreier?"

„Ja, könnte man so sehen. Du hast eine sehr zärtliche Frau. Das war heiß mit ihr."

„Das Gleiche sagt sie über dich und Steffen."

„Schön, dass wir uns da einig sind", sagte ich und wartete, dass Marius auch etwas über seinen Dreier mit Janin und Daniel sagte. Aber da schwieg er sich aus.

„Wirst du diese Nacht wieder mit Janin verbringen?", fragte ich ihn.

„Nein", sagte er und grinste nun noch mehr. „Diese Nacht werde ich mit dir verbringen."

„So?", entgegnete ich schnippisch. „Woher weißt du denn, dass ich das will?"

„Ich weiß es", sagte er und nagelte mich mit seinem Blick förmlich fest. „Außerdem wird Tabia heute Nacht mit Steffen verbringen. Da wärs doch nur logisch, wenn auch wir zwei ein Bett teilen, oder?"

Ach, wird sie das, dachte ich. Wusste ich noch gar nicht. Wann wollte Steffen mir das denn mitteilen? Oder wusste er das selbst auch noch nicht? Ich folgte Marius´ Blick zum gegenüberliegenden Sofa, wo Tabia und Steffen nebeneinander saßen und sich offensichtlich angeregt unterhielten – wobei Tabia eine Hand auf Steffens Bein gelegt hatte. Als die beiden dann jedoch zu knutschen begannen, zuckte ich etwas zusammen. Das war ja nun wirklich nicht der erste Kuss, zu dem sie sich zusammenfanden. Aber irgendwie fühlte ich mich in diesem Moment unwohl. Wie ein Objekt, das man gar nicht erst um Zustimmung bitten musste, raunte meine Mahnerin. Ganz unrecht hatte sie da nicht.

„Lass uns mal zu den beiden gehen und das klären", sagte ich und stand auf. Marius folgte mir achselzuckend, ich gab Steffen einen Kuss und setzte mich zu meinem Liebsten, während Marius sich zu seiner Freundin setzte.

„Ich möchte die Nacht mit Kirsten verbringen", sagte Marius ohne Umschweife und in einem sehr bestimmenden Ton zu den beiden.

„Das würde ich auch gern", entgegnete Tabia und lächelte ihren Liebsten an.

„Du würdest was gern?", fragte Marius nach – offensichtlich Unerwartetes ahnend.

„Die Nacht mit Kirsten verbringen."

„So hatte ich das eigentlich nicht gemeint."

„Ich weiß", sagte sie und setzte ihr schönstes Lächeln auf – mit dem sie zunächst Marius und dann

Steffen und schließlich auch mich bedachte. Ich konnte gar nicht anders als dieses Lächeln zu erwidern.

Die beiden Männer sahen sich fragend an und wussten wohl nicht so recht, wie sie damit umgehen sollten. Aber Tabia hatte offensichtlich beschlossen, dass das ihr Problem sei. Jedenfalls stand sie im nächsten Moment auf, gab mir die Hand und ich ließ mich beinahe willenlos in ihr Schlafzimmer führen. An der Tür sah ich mich noch einmal um und schaute in zwei erstaunt dreiblickende Männergesichter. Ich lächelte Steffen zu, zuckte mit den Schultern und schloss die Tür hinter mir.

„Das war aber eine kalte Dusche", sagte ich, als wir allein waren.

„Das braucht Marius hin und wieder", entgegnete Tabia. „Er neigt sehr dazu, die Dinge bestimmen zu wollen. Da muss man dann auch mal ein Stoppschild hochhalten."

„Ach so, dir gings jetzt mehr um die Botschaft an Marius als um die Nacht mit mir?"

„Nein", entgegnete sie lächelnd und ließ zärtlich ihre Finger durch mein Haar gleiten. „Mir ging es um beides. Ich finde den Gedanken schon sehr reizvoll, dich mal ein paar Stunden für mich zu haben. Heute Nachmittag mit dir und Steffen im Garten war toll. Aber nur wir zwei – das ist noch mal etwas ganz anderes. Findest du nicht?"

Dem konnte ich nicht widersprechen und ließ mich von ihr küssen. Ihre Lippen waren weich und zärtlich, ihr Kuss ganz anders als der eines Mannes. Auch ihre

Hände wanderten mit einer anderen Zartheit über meine Haut, als wir schließlich nackt im Bett lagen, bei Kerzenlicht miteinander redeten und uns in die Augen schauten. Viel mehr passierte zunächst gar nicht. Wir redeten miteinander, Tabia erzählte mir sehr viel über sich, über ihre Beziehung mit Marius, über ihr Swingerleben. Auch ich erzählte ihr, was wir bisher so erlebt hatten. Offenbar fand sie es spannend, dass wir damals noch nicht allzu viele Erfahrungen in der Welt der Swinger hatten, während sie mit Marius schon einige Jahre in der Szene unterwegs war und doch so manches mehr erlebt hatte.

„Für mich war es vor allem die Lust auf eine andere Frau", erzählte sie. „Und es war toll, dass Marius sich da in unserer Anfangszeit immer etwas zurückgehalten hat, wenn wir ein anderes Paar getroffen haben – oder auch mal eine einzelne Frau."

„Einen Dreier mit einer einzelnen Frau wünscht Steffen sich ja auch mal."

„Hatte er doch heute Nachmittag mit uns."

„Ja, aber er würde auch gern mal die ganze Nacht mit zwei Frauen verbringen."

„Ist etwas anderes, stimmt schon. Eine Solofrau für so etwas zu finden, ist aber schwer. Hat bei uns eine ganze Weile gedauert, bis wir da jemanden hatten."

„Ich finde eigentlich Treffen zu viert schöner", entgegnete ich.

„Ist auf jeden Fall besser für die Beziehung, haben wir festgestellt. Auch wenn wir gelegentlich mal Partnertausch in getrennten Räumen machen."

„So wie jetzt grad?", fragte ich augenzwinkernd.

„Nein, so normalerweise nicht", entgegnete Tabia. „Das ist auch für uns etwas Neues."

Sprachs und küsste mich. Erst zärtlich, dann immer leidenschaftlicher. Und schließlich begann Tabia, mit ihren Lippen über meinen Körper zu wandern. Ich schloss die Augen und genoss es einfach nur, als ihre Zunge meine Nippel umkreiste und ihre Lippen daran saugten. Sie wanderte weiter nach unten und liebkoste meinen Bauchnabel. Auch als sie mit ihren Kopf zwischen meine Oberschenkel tauchte, blieb ich passiv und überließ mich einfach nur ihren kundigen Händen und Lippen. Sie leckte ebenso weich und zärtlich wie sie küsste.

Es dauerte sehr lange, bis ich zum Höhepunkt kam, weil Tabia es verstand, meinen Orgasmus immer und immer wieder hinauszuzögern. Als es dann irgendwann so weit war, fühlte es sich weit intensiver an als am Nachmittag – und ich genoss meinen Höhepunkt ebenso wie den Weg dorthin. Tabia wusste wie sie eine andere Frau verwöhnen konnte. Natürlich revanchierte ich mich im Laufe der Nacht dafür, aber sie war weitaus aktiver als ich. Was ich gut annehmen konnte – schließlich war sie erfahrener als ich. Für mich war es zwar nicht das Bi-Erlebnis, aber es war mein erstes Solo-Erlebnis mit einer Frau. Wir fanden in dieser Nacht nicht allzu viel Schlaf.

Sonntag:
Tastende Hände in der Dunkelheit

So richtig viel geschlafen habe ich ja nicht", murmelte Marius beim Frühstück, während er in seinem Kaffee rührte.

„Oh, hast du die Nacht doch wieder mit Janin verbracht?", fragte ich ihn über den Tisch hinweg.

„Nein", entgegnete Janin grinsend. „Hat er nicht."

So erfuhr ich, dass Janin die zurückliegende Nacht mit unserem Gastgeber Daniel verbracht hatte. Die beiden anderen Paare hatten ebenfalls Partnertausch in getrennten Räumen gemacht – nur eben ganz klassisch: Janin mit Daniel und Ines mit Felix.

„Und ich habe hier vor dem Kamin versucht zu schlafen und musste wechselweise quietschende Betten und Orgasmusschreie aus den Zimmern hören. Wer soll dabei denn zur Ruhe kommen?", sagte Marius, der ganz offensichtlich noch immer missgestimmt war, weil er die Nacht hatte allein verbringen müssen.

„Du bist ja auch nicht hier, um Ruhe zu haben", entgegnete Tabia mit spöttischem Blick.

„Orgasmusschreie? Davon hab ich gar nichts mitbekommen", sagte ich über den Tisch hinweg.

Marius schaute mir in die Augen: „Tu nicht so", sagte er leise. „Auch du warst ganz schön laut. Und das nicht nur einmal."

Das allerdings hatte ich tatsächlich nicht mitbe-kommen. Manchmal wurde ich ja laut beim Sex, das war mir wohl klar. Aber keineswegs immer. Und irgendwie hatte sich diese Nacht mit Tabia einfach nur friedlich und harmonisch angefühlt. Dass ich einen Orgasmus hinausgeschrien hatte, war mir nicht bewusst. Nicht im Geringsten! Ich hätte vermutet, dass Tabia und ich ganz still und leise gewesen wä-ren.

„Naja", sagte ich zu Marius, „deine Freundin ist eben eine tolle Liebhaberin."

Das versöhnte ihn wieder so halbwegs – und sein zuvor schiefes Grinsen wurde zu einem freundlichen Lächeln.

„Stimmt", sagte er leise und schaute Tabia verliebt an.

Oh, dachte ich. Der Macho zeigt Gefühl. Das gefiel mir.

„Also ich hab prima geschlafen", warf Steffen in die Runde und biss zufrieden in sein Lachsbrötchen. Er hatte am Abend noch eine ganze Weile Wein trinkend mit Marius vor dem Kamin gesessen und sich dann allein in unser Schlafzimmer zurückgezogen. Vermut-lich war er der Einzige am Tisch, der ausreichend Schlaf bekommen hatte. Wenn er genügend Wein getrunken hatte, schlief Steffen immer gut. Manchmal zu gut.

„Alles in Ordnung", sagte er leise und lächelte mich an.

„Schön", entgegnete ich zufrieden und gab ihm einen sanften Kuss. „Bei mir auch."

Es war einfach toll, dass Steffen mir da am Abend zuvor diese Nacht mit Tabia zugestehen konnte. Er hatte gesehen, dass ich das gern wollte und hatte ganz einfach losgelassen – auch wenn er sich die Nacht wohl anders vorgestellt hatte. Ich liebte den Mann an meiner Seite!

Marius hatte da offenkundig mehr Schwierigkeiten gehabt. Er hatte mich als Beute ausgewählt und war dann vollkommen leer ausgegangen. Zu allem Überfluss hatte er die sexuellen Aktivitäten der anderen zumindest teilweise mit angehört. Vom Wohnzimmer aus waren die Geräusche aus den Schlafzimmern recht gut zu hören. Aber Marius nahm es mit Ironie, ließ sich den Appetit beim Frühstück nicht verderben und schaufelte große Mengen Rührei mit Speck in sich hinein. Alles war gut, auch die anderen beiden Paare machten einen zufriedenen Eindruck nach ihrer Partnertauschnacht. Ich mochte diese Runde am Esstisch.

Es war bereits früher Nachmittag, als wir das ausgedehnte Frühstück beendeten. Draußen hatte es ein wenig geregnet, aber es war nicht wesentlich kälter geworden. Steffen und ich beschlossen, einen Spaziergang zu machen, unsere Gastgeber schlossen sich uns an. Sie zeigten uns die Umgebung und schwärmten von der wundervollen Landschaft. Hin und wieder fasste Daniel mich an, ganz beiläufig, mal an der Schulter, mal am Arm. Es hatte etwas Vertrautes, was ich in dieser Situation aber nicht sonderlich mochte, und ich entwand mich ihm immer wieder – ganz dezent, ganz freundlich. Aber er verstand, und irgendwann ließ er es.

Schon komisch, schoss es mir durch den Kopf. Am Freitagabend hatte ich Sex mit ihm gehabt, aber jetzt mochte ich nicht einmal so kleine Berührungen am Rande. Vermutlich war ich grad sehr bei meinem Liebsten – und in Gedanken bei Tabia und Marius. Obgleich dieses Wochenende von vornherein als eine lange Gruppensex-Party zu acht geplant gewesen war, hatten sich doch zwei Viererkonstellationen herausgebildet.

Dabei herrschte in dem anderen Viereck offenbar mehr Harmonie als bei unserem Miteinander mit Tabia und Marius. Hätten wir in der vergangenen Nacht ganz klassischen Partnertausch gehabt, wäre das vielleicht anders gewesen. Aber so hatte es sich eben nicht entwickelt.

Da lag zwischen Marius und mir eine schwer zu bestimmende Spannung im Raum – ungeachtet der Tatsache, dass wir ja bereits Sex miteinander gehabt hatten. Nun ja, mit wem hatte ich hier noch keinen Sex gehabt? Aber irgendetwas war anders zwischen Marius und mir. War es seine dominante Art, mit der ich nur schwer umgehen konnte? Oder war es die erotische Anziehungskraft, die auch seine Freundin auf mich ausübte und der ich mich nicht entziehen konnte?

Die Konstellation mit den beiden verwirrte und erregte mich gleichermaßen. Ich hätte bei diesem Spaziergang keine Prognose abgeben wollen, wohin das alles wohl noch führen mochte. Würde das alles irgendwohin führen?

Steffen und ich gingen nach dem Spaziergang in die Sauna. Daniel schaltete sie für uns ein, wollte selbst aber nicht mitkommen. Vermutlich hatte ich ihn während des Spaziergangs ein wenig entmutigt, und er hatte wohl keine Lust, sich eine weitere Abfuhr bei mir einzuhandeln, sollte er in der Sauna Hautkontakt herstellen wollen. Dass er dazu Lust gehabt hätte, vermutete ich sehr stark. Während die Sauna sich langsam erwärmte, saßen Steffen und ich auf der überdachten Terrasse und schauten dem Regen zu, der erneut eingesetzt hatte. Janin und Felix saßen im Wohnzimmer, beide in Bücher vertieft, von den anderen war nichts zu sehen. Es herrschte eine ruhige, entspannte Sonntagnachmittagsstimmung.

Nach einer Dreiviertelstunde gingen Steffen und ich kurz ins Schlafzimmer, zogen uns dort aus und huschten nackt durchs Wohnzimmer in das große Bad, in dem sich die Saunakabine befand. Wir legten unsere Handtücher auf eine Holzbank, setzten uns entspannt nebeneinander und ich lehnte mich an meinen Liebsten, der liebevoll seinen Arm um mich legte. Die Temperatur hatte noch nicht ganz 80 Grad erreicht, aber ich fand, das war genau richtig.

Es dauerte keine zwei Minuten und die Tür zur Saunakabine öffnete sich. Marius kam herein.

„Ich hörte, hier kann man eine nackte Frau bewundern und dabei ins Schwitzen kommen", sagte er mit seinem spitzbübischen Lächeln, während er sich ohne um Erlaubnis zu fragen direkt neben mich setzte.

„Bei Kirsten kann man auch ohne Sauna gut ins Schwitzen kommen", entgegnete Steffen grinsend.

Allerdings wurde auch mir warm – und das lag nicht allein an der Temperatur. Nackt zwischen diesen beiden sportlichen, ebenfalls nackten Männern zu sitzen erregte mich. Und als dann erst Steffen eine Hand auf mein Bein legte und im nächsten Moment Marius das Gleiche tat, spürte ich meinen Herzschlag im Hals.

Die beiden Männer streichelten mir die Oberschenkel, und mein Blick wanderte zwischen ihnen hin und her. Ich konnte gar nicht anders als auch meine Hände auf die Oberschenkel der beiden zu legen – was Marius offenbar ermutigte, etwas forscher zu werden. Jedenfalls ließ er seine Hand zwischen meine Beine gleiten, die sich wie von selbst für ihn öffneten. Ich schloss die Augen und genoss seine Finger an meiner Muschi, während ich erst Steffens Lippen und dann auch die von Marius an meinen Brüsten spürte.

Es fühlte sich sehr unterschiedlich an, was die beiden da taten. Während Steffen mehr mit der Zunge die Brustwarze leckte und liebkoste, saugte sich Marius regelrecht fest. Es war geil, das zu spüren. Und als sich meine Hände weiter zwischen die Beine der beiden vortasteten, fanden sie zwei steil aufgerichtete, steife Schwänze vor. Ich nahm beide in die Hand und rieb ein wenig daran. Als Steffen meine Brust freigab, neigte ich mich zu ihm und küsste ihn – um mich im nächsten Moment Marius zuzuwenden und auch ihn zu küssen. Dann küsste ich erneut meinen Liebsten, beugte mich in seinen Schoß und nahm seinen Schwanz in den Mund.

Allerdings nicht allzu lange. Ich hatte große Lust, auch den anderen Schwanz zu blasen. So beugte ich mich zu Marius, nahm sein steifes Teil in den Mund und rieb zugleich mit der Hand daran. Ganz augenscheinlich genoss er, was ich tat. Er lehnte sich zurück und stöhnte leicht auf, als meine Bewegungen intensiver wurden. Seine Finger waren nicht mehr zwischen meinen Beinen, dafür streichelte Steffen mich dort.

Marius indessen hatte eine Hand auf meinen Kopf gelegt. Ganz sanft – aber doch ein deutliches Signal, dass ich bloß nicht aufhören sollte, mit dem was ich da tat. Aber ich hatte auch nicht die Absicht. Ich rieb und saugte am seinem Schwanz – und erstaunlich schnell spürte ich ein verräterisches Zucken. Sollte er etwa schon so weit sein? Ich machte vorsichtig weiter, immer langsamer, immer sanfter, lockerte meine Lippen um seinen Schwanz und hörte schließlich ganz auf.

Ich tauchte aus seinem Schoß auf und sah Marius in die großen Augen, während ich die Hand bewegungslos um seinen Schwanz geschlossen hielt. Er war verkrampft, atmete mit offenem Mund tief ein und ebenso tief aus – und sah mich mit großen Augen an, als wolle er sagen: Was tust du denn! Macht doch weiter! Aber er sagte nichts. Ich wusste auch so, dass er im allerletzten Moment den Orgasmus verpasst hatte, in den er sich wohl schon eingefühlt hatte. Ich hatte mal wieder nicht bis zum Ende geblasen – und das hatte ihn verrückt gemacht.

„Mein Gott, was hast du für eine heiße Frau!", stieß Marius in Richtung Steffen hervor – noch immer leicht keuchend.

Mein Liebster nickte nur und entgegnete: „Ich glaube, es wird Zeit, zu deiner Frau zu gehen."

Wie auf Befehl standen wir auf. Vermutlich hatten wir alle drei das Gefühl, das Steffen mit seinem Vorschlag ausgesprochen hatte: Es wurde Zeit, dass wir vier es endlich gemeinsam taten und nicht immer nur in wechselnden Zweier- oder Dreierkonstellationen.

Wir verließen die Sauna und duschten uns kurz ab. Dabei ließ Marius mich keine Sekunde aus den Augen und auch ich fixierte ihn, während ich kurz, aber sehr deutlich mit der Zunge über meine Lippen strich. Zufrieden registrierte ich, dass seine Augen größer wurden.

Hatte er mich eigentlich grad in der Sauna als Steffens „Frau" bezeichnet? Und ob er das hatte! Ich musste lächeln. Steffen und ich waren damals noch nicht verheiratet, und wir hatten auch noch längst keinen Gedanken darauf verwendet, das zu ändern. Aber „du hast eine heiße Frau" – das hatte sich gut angehört.

Wir huschten nackt über den Flur; im Schlafzimmer fanden wir Tabia. Offensichtlich holte sie ein wenig Schlaf nach. Sie lag lediglich mit einem Slip bekleidet im Bett, nur halb zugedeckt, und atmete gleichmäßig. Wir standen für einen Moment unschlüssig in der Tür. Wollten wir sie wirklich wecken? Aber Marius schloss die Tür leise hinter uns und setzte sich vorsichtig zu seiner Freundin. Ganz sanft begann er sie zu streicheln.

Steffen und ich setzten uns auf die andere Seite des Bettes und begannen ebenfalls, die Schlafende zu liebkosen. Unsere Finger wanderten über ihre Arme, die Schultern, den Bauch, die Beine, ganz vorsichtig auch durchs Gesicht und die Haare. Auch ihren Slip sparten wir dabei nicht aus. Abwechselnd glitten unsere Finger über den Stoff und unwillkürlich hatte ich dabei wieder ihren wundervollen, erotischen Duft in der Nase, den ich in der vergangenen Nacht mehrfach atmen durfte. Auch wie sie schmeckte, kam mir wieder in den Sinn. Der Gedanke erregte mich.

„Ich darf jetzt nicht aufwachen", murmelte Tabia leise. „Dieser Traum ist einfach zu schön."

„Dann träum ihn weiter", flüsterte ihr Marius ins Ohr.

Tatsächlich blieben ihre Augen geschlossen, aber ihr Atem verriet, dass ihr sehr wohl bewusst wurde, was gerade vor sich ging. Ich fragte mich nur, ob sie wohl erriet, wessen Hände ihren schönen Körper streichelten. Schließlich legte Steffen seine Lippen auf Tabias Slip und küsste sie.

„Da ist was dazwischen", murmelte sie noch immer schlaftrunken in einem Ton, der eher an ein kleines

Mädchen erinnerte als an eine erwachsene Frau. „Das musst du wegnehmen."

„Dann muss ich das wohl machen", erwiderte Steffen.

„Jaaaaaa", sagte sie langgedehnt, während Steffen ihr den Slip auszog. „Das musst du."

Schließlich war Tabia ebenso nackt wie wir. Steffen vergrub seinen Kopf zwischen ihren Beinen, und ich sah zu, wie er sie zu lecken begann – ganz behutsam und zärtlich. Der Anblick erregte mich – wie immer, wenn Steffen so etwas mit einer anderen Frau machte oder sie mit ihm. Ich beugte mich zu Tabias Gesicht und küsste sie auf den Mund. Zunächst verhalten, dann aber immer deutlicher erwiderte sie meinen Kuss und schlang schließlich ihre Arme um mich. Ich legte mich neben sie und wir küssten uns immer weiter. Dabei bemerkte ich irgendwann Hände in meinem Schoß und einen Kopf, der sich zwischen meine Oberschenkel schob. Ich öffnete meine Beine und Marius ließ seine Zunge zwischen meine Schamlippen gleiten – ebenso wie Steffen es noch immer mit Tabia tat, die inzwischen richtig wach geworden war.

„Dein Liebster leckt wundervoll", flüsterte sie mir zu.

„Deiner auch", entgegnete ich im gleichen Tonfall.

Und das war durchaus ehrlich gemeint. Marius' Zunge war verlangend, geradezu gierig, aber keineswegs zu heftig. Er und Steffen ließen sich Zeit bei dem, was sie da taten. Viel Zeit. Tabia und ich lagen einfach da, Arm in Arm, lächelten uns immer wieder an und genossen die heißen Liebkosungen der beiden Männer. Marius bescherte mir einen wundervollen Höhepunkt, und kurz darauf war auch Tabia so weit.

Die Männer tauchten aber keineswegs aus unseren Schößen auf. Sie blieben zwischen unseren Beinen, Marius hauchte und pustete meine feuchten Schamlippen an, gerade so, als wolle er sie abkühlen. Und als die beiden vermuteten, dass die Spannung nach dem Orgasmus ausreichend nachgelassen hatte, tauschten sie die Plätze und leckten uns erneut. Offenbar hatten sie sich irgendwie darauf verständigt. Geredet hatten sie nicht.

Steffen leckte anders als Marius, zärtlicher, einfühlsamer. Er wusste genau, wie er es bei mir machen musste. Da war nicht das aufregend Fremde eines anderen Mannes und einer fremden Zunge zwischen meinen Beinen, sondern die zärtliche Vertrautheit des Liebsten. Es dauerte nicht lange bis ich meinen zweiten Orgasmus hatte – diesmal fast gleichzeitig mit Tabia.

Die Männer krabbelten zu uns, ich öffnete meine Beine ebenso weit, wie Tabia es tat und spürte im nächsten Augenblick, wie Steffen in mich eindrang. Er nahm mich eher sanft, während Marius mit Tabia ein etwas schnelleres Tempo vorlegte. Dennoch fühlte sich das sehr harmonisch an, was wir vier da in einem Bett nebeneinander trieben. Wobei es aber nicht nur ein Nebeneinander von zwei Paaren war. Wir spielten alle vier miteinander. Tabia steckte Steffen einen Finger in den Mund, um ihn anschließend selbst abzulecken. Ich spürte Marius' Hand auf meinen Brüsten, auch ich fasste ihn an. Zudem fand ich immer wieder Tabias Hand und drückte sie.

Marius beugte sich zu mir herunter und küsste mich. Als sich unsere Lippen wieder voneinander lösten, flüsterte er mir zu: „Ich will dich ficken!"

Ich entgegnete nichts, sah ihn nur an und nickte ganz leicht. Aber doch deutlich genug, dass er es wahrnehmen konnte. Er zog sich aus Tabia zurück, griff eins der Kondome aus dem Schälchen vom Nachttisch und zog es sich über den steifen Schwanz. Steffen räumte für ihn den Platz zwischen meinen Beinen und Marius kam zu mir. Nur Sekunden nachdem er in mich eingedrungen war, kniete Tabia neben mir und ich sah, wie Steffen sie von hinten nahm. Tabia küsste mich, und ich spürte am Rucken ihres Kopfes, in welchem Rhythmus mein Liebster sie stieß.

„Ich glaube, wir sollten die beiden für ihr wundervolles Lecken noch belohnen", sagte Tabia kurz darauf zu mir.

Ich verstand, und schob Marius von mir herunter, während auch Tabia sich Steffen entzog. Ein wenig Bedauern lag nun in den Augen der beiden Männer. Aber in unseren Augen erkannten sie wohl ein Versprechen und bereitwillig legten sie sich auf den Rücken. Wir knieten uns zwischen ihre Beine, ebenso wie die beiden es zuvor mit uns gemacht hatten. Dabei stellte sich Tabia vermutlich ebenso wenig wie ich die Frage, wer wen blasen sollte. Wie selbstverständlich verschwand Steffens Schwanz in ihrem Mund und der von Marius in meinem.

Während wir die Männer verwöhnten, schauten Tabia und ich uns immer wieder lächelnd aus den Augenwinkeln an. Einmal ließ sie Steffens Schwanz kurz aus dem Mund gleiten, zog meinen Kopf zu sich und küsste mich – um dann umgehend weiter zu blasen. Mir gefiel die Leichtigkeit in unserem Spiel und ich ließ eine Hand zu Steffens Schwanz wandern, streichelte ihn, steckte dabei Tabia einen Finger in den Mund und konzentrierte mich dann wieder ganz auf Marius.

Steffen kam als Erster. Ich hatte es zunächst gar nicht richtig wahrgenommen. Erst als er sich verkrampfte und stöhnte, bemerkte ich seinen Orgasmus. Tabia hielt dennoch ihre Lippen fest um seinen großen Schwanz geschlossen. Erst als Steffens Erregung nachließ, öffnete sie den Mund und ich sah Sperma herauslaufen. Aber es war nicht viel. Das meiste musste sie geschluckt haben. Ich hatte ja schon in den Tagen zuvor bemerkt, dass sie kein Problem hatte mit fremdem Sperma im Mund.

Und du, fragte die Mahnerin in mir. Was wirst du tun, wenn Marius so weit ist? So gern ich auch einen fremden Schwanz im Mund hatte – fremdes Sperma war für mich bisher eher tabu gewesen. Doch bevor ich weiter darüber nachdenken konnte, sprudelte mir Marius´ warmer Saft auch schon in den Mund. Und es war viel, sehr viel. Offenbar hatte sich mit seinem verhinderten Orgasmus kurz zuvor in der Sauna so einiges angestaut. Ich ließ meine Lippen geschlossen und machte weiter, bis alles aus seinem Schwanz herausgequollen war. Irgendwann aber konnte es

Marius wohl nicht mehr aushalten. Jedenfalls legte er plötzlich seine Hände an meinen Kopf und hielt ihn fest. Ich schaute zu ihm und sah in seine großen Augen, während ich noch ganz sanft an seinem schlaffer werdenden Schwanz spielte und an ihm leckte.

Nun hatte ich es also doch getan: Ich hatte mir fremdes Sperma in den Mund spritzen lassen. Und nicht nur das. Ich hatte es auch geschluckt. Ich hatte Marius regelrecht ausgesaugt. Ebenso wie Tabia es mit Steffen getan hatte.

„Du bist Wahnsinn", stieß Marius hervor.

„Ihr seid beide Wahnsinn", fügte Steffen hinzu.

Zufrieden lächelten Tabia und ich uns an. Erneut küsste sie mich und legte viel Gefühl und Zärtlichkeit in das Spiel unserer Lippen. Wir kuschelten uns an unsere Liebsten, jeder an seinen und genossen den Zauber des Augenblicks. Ich gab Steffen einen Kuss auf die Wange. Küss ihn auf den Mund, flüsterte die Teufelin in mir. Gib ihm etwas von dem fremden Sperma ab. Da ich wusste, dass Steffen nicht die geringste Neigung zum eigenen Geschlecht hatte, ignorierte ich meine Teufelin. Zu meiner Überraschung suchte er aber selbst mit seinen Lippen meinen Mund und küsste mich leidenschaftlich. Dass Marius mir soeben in den Mund gespritzt hatte, schien ihn nicht im Mindesten zu stören. Mein Liebster hatte mich wieder einmal überrascht.

„Wenn ich jetzt darüber nachdenke", sagte er mir später als wir allein auf der Terrasse saßen, „finde ich das tatsächlich nicht so lecker. Aber in dem Augenblick habe ich nicht darüber nachgedacht. Da konnte ich einfach nicht anders, als dich zu küssen."

„Naja, ich hatte ja wohl auch so gut wie alles geschluckt", entgegnete ich mit einem Anflug von realistischem Erklärungsbedürfnis. „Da kann nicht mehr viel von Marius gewesen sein."

„Darüber habe ich keine Sekunde nachgedacht", sagte er. „Es war unglaublich geil und ich musste dich küssen – egal, was du im Mund hattest."

Schau einer an, dachte ich. Seine Berührungsängste zum eigenen Geschlecht wurden weniger. Da hatte ich ihn schon anders erlebt bei unseren Abenteuern. Steffen war das, was man wohl stockhetero nannte. Auch ich hätte ganz zu Anfang unserer Zeit als Swinger nicht gedacht, dass ich mal eine andere Frau küssen und sogar lecken würde.

Allerdings hatte ich auch noch nie Probleme damit gehabt, einen weiblichen Körper anzufassen und angefasst zu werden. Eine leichte Bi-Neigung hatte ich wohl von Anfang an gehabt – nur war mir das nicht so recht bewusst gewesen. Ob Steffen da wohl einmal mehr entwickeln würde, fragte ich mich. Vermutlich nicht, musste die Realistin in mir feststellen. Er war da anders gestrickt. Irgendwie auch ein bisschen schade, dachte ich. Wären bei zwei Paaren alle vier Beteiligten ein wenig bi, könnten sich noch ganz andere Konstellationen ergeben. Da wäre dann wirklich ein Jedermit-Jedem möglich. Aber die meisten Männer in der Szene machten an der Stelle absolut dicht; das hatte ich bereits mitbekommen. Mein Liebster gehörte dazu. Aber vielleicht war es auch ganz gut so. Schließlich liebte ich ihn auch und gerade wegen seiner Männlichkeit. Bi würde zu diesem Mann einfach nicht passen.

„Du hast die Nacht mit Tabia sehr genossen, oder?", riss Steffen mich aus meinen Gedanken.

„Oh ja", entgegnete ich – und das musste wohl etwas versonnen geklungen haben.

„Ein bisschen neidisch war ich ja schon."

„Du hättest auch gern die Nacht mit Tabia verbracht, oder?"

„Ja, naja, klar, ich glaub schon."

„Eine Nacht haben wir ja noch", entgegnete ich lächelnd.

Ich hatte keineswegs etwas dagegen, Steffen eine erotische Nacht mit Tabia zu gönnen. Ebenso konnte ich mir auch gut vorstellen, mit Marius das Bett zu teilen. Nach dem unglaublich aufregenden Vierer-Erlebnis dieses Nachmittags mehr denn je. Ich hatte am Vorabend nur nicht hinnehmen wollen, dass Marius das im Alleingang beschlossen hatte – und war ganz froh gewesen, dass Tabia das bemerkt und ihm eins auf die Hörner gegeben hatte. Heute war das anders. Dieser Nachmittag hatte viel Nähe zwischen uns und den beiden hergestellt. Vor allem zwischen Marius und mir. Und das fühlte sich sehr erregend an. Ich hatte Lust auf diesen Mann.

Der Abend war zwar nicht kalt, aber bewölkt, und hin und wieder fielen noch immer ein paar Tropfen

Regen. Nach einem weiteren Grillabend stand somit niemandem der Sinn. Dafür stellte sich in der Küche eine gewisse Geschäftigkeit ein, aus der ich mich eher heraushielt. Daniel bereitete gemeinsam mit Felix, Janin und Tabia ein Abendessen vor. Vom Wohnzimmer aus, das zur Küche hin offen war, schielte ich hin und wieder über mein Buch hinweg auf das, was die vier da taten. Ich konnte nicht klar erkennen, was das werden sollte, aber auf jeden Fall war es ein angenehmer Duft, der sich breitmachte. Ich spürte, wie sich mein Magen meldete. Immerhin hatte ich seit dem Frühstück nichts mehr gegessen – auch wenn es ein spätes und ausgedehntes Frühstück gewesen war. Aber dazwischen hatte es einen Spaziergang, einen Saunagang und aufregenden Sex gegeben. Alles in allem also verständlich, dass ich Hunger bekam.

Es war schön anzusehen, wie Daniel seine drei Küchenhelfer dirigierte. Er wusste genau, wo welcher Topf zu finden war oder auf welchem Brett man am besten Fleisch oder Gemüse schneiden konnte. Ganz offensichtlich war diese Küche sein Terrain. Das gefiel mir. Männer, die sich in einer Küche nicht wie Fremdkörper benehmen, sind irgendwie sexy, dachte ich. Aber warum eigentlich?

„Dein Mann hat die Küche gut im Griff", sagte ich zu Ines, als sie sich zu mir setzte.

„Oh ja, das hat er", pflichtete sie mir bei. „Der Anblick hat was, oder?"

„Stimmt. Der Gedanke kam mir auch schon. Aber ich könnte nicht erklären, warum. Kochen ist doch nichts speziell männliches."

„Und ob es das ist", widersprach sie mir lächelnd. „Männer, die kochen können, können damit auch Frauen bezirzen. Bei mir hat das jedenfalls funktioniert. Als wir uns damals kennenlernten, hat Daniel mich zum Abendessen eingeladen – zu sich nach Haus. Und als er da ein phantastisches Menü auf den Esstisch zauberte, hatte er schon so gut wie gewonnen. Dass es den Nachtisch später in seinem Bett gab, hat sich wie von selbst ergeben."

„Aber das lag doch nicht nur am Kochen."

„Nein, natürlich nicht nur. Aber es hat Eindruck gemacht. Und weiß du, warum das so ist?"

„Sag es mir."

„Das liegt an den Mammuts und den Rentieren."

„Aha", sagte ich, und mein Gesicht musste sich wohl zu einem großen Fragezeichen geformt haben.

„Es steckt einfach in unseren Genen. Als unsere Vorfahren vor vielen Jahrtausenden in den Höhlen hausten, war es die Aufgabe der Männer, die Sippe mit Essen zu versorgen. Ein Mann, der diesen Job besonders gut machte, stand hoch im Kurs."

„Ist aber schon ganz schön lange her", entgegnete ich skeptisch.

„Menschheitsgeschichtlich war das letzte Woche. Glaub mir, so etwas wirkt nach in unseren Erbanlagen."

„Du meinst, ich finde Daniel da am Herd sexy, weil seine Vorfahren vor 10.000 Jahren Mammuts erlegt haben?"

„Etwas verkürzt, aber ja: Genau so ist es."

Der Gedanke war mir bis dahin noch nie gekommen, aber widersprechen konnte ich auch nicht. Die These war jedenfalls plausibel. Ich beschloss, darüber ein bisschen was zu lesen.

„Essen ist fertig", rief Daniel in den Raum und kam zu uns ans Sofa.

„Na ihr zwei", sagte er und legte seine Hände auf Ines´ und meine Schultern: „Was diskutiert ihr denn so angeregt?"

„Och nichts Besonderes", entgegnete ich. „Ines hat mir nur grad den Zusammenhang von Höhlenmenschen und Heißluftherden erklärt."

Daniel blickte uns fragend an, und wir standen lächelnd auf, um uns an den Tisch zu setzen, den Steffen und Marius inzwischen gedeckt hatten.

Es gab einen Fleisch-Gemüse-Auflauf, den die vier vor allem aus den Resten der Vortage gezaubert hatten. Dazu Weißbrot und Zaziki.

„Eigentlich mag ich keinen Zaziki", murmelte Marius.

„Solltest du aber trotzdem essen", grinste Ines. „Wenn du als Einziger keinen isst, wirst du das im Laufe des Abends sicher bereuen."

„Apropos Abend", sagte Daniel. „Wir würden ja gern noch etwas spielen."

„Wieder etwas mit Würfeln und Aufgaben?", fragte Janin kichernd. „Das war ziemlich lustig am Freitag. Und ziemlich geil."

„Nein, diesmal ohne Würfel, aber auch mit Aufgaben – einer einzigen, um genau zu sein. Und die ist für alle gleich. Dafür dürft ihr alle eure Sachen anbehalten."

„Ach wie schade", warf Marius ein. „Ich finds ja schon sehr reizvoll, unsere vier süßen Ladies in Dessous oder noch weniger zu sehen."

„Sehen wirst du bei diesem Spiel ohnehin nichts", entgegnete Daniel. „Wir machen alle Lichter aus und verdunkeln die Fenster. Dann bewegen wir uns alle durchs Wohnzimmer und ziehen uns aus. Aber niemand darf sich selbst ausziehen. Jeder darf nur einem anderen, den er im Dunkeln trifft, ein Kleidungsstück abstreifen. Aber immer nur eins. Dann müssen beide weitergehen. Und niemand darf dabei reden. Das Spiel geht so lange, bis alle nackt sind."

„Und dann?", fragte Janin grinsend.

„Dann schauen wir mal, was passiert", entgegnete Daniel achselzuckend und mit einem geradezu wollüstigen Blick.

„Wie wissen wir denn, wann das Spiel zu Ende ist und alle nackt sind, wenn es völlig dunkel ist?", warf ich ein.

„Ich glaube, das findet sich. Wenn ihr nur noch auf Nackte trefft, und irgendjemand meint, jetzt sei Zeit für etwas mehr Licht, kann er zum Kamin gehen und ihn anzünden. Und natürlich auch die Kerzen auf dem Sims darüber. Wir bereiten den Kamin vor, neben den Streichhölzern leuchtet ein kleines Nachtlicht, das hell genug ist, dass man es von überall sehen kann. Aber es wird nicht so viel Licht spenden, dass ihr sonst irgendetwas in der Dunkelheit erkennen könnt."

Gut geplant, dachte ich, und schaute zum Kamin, in dem bereits das Holz vorbereitet war. Spiele bei völliger Dunkelheit hatten ja ihren besonderen Reiz. Wir waren einmal in einem Swingerclub in einem Darkroom voller Menschen gewesen. Da wurde wild durcheinander gefummelt. Das war sehr prickelnd. Trotzdem war das hier etwas anderes. Allein schon deshalb, weil nur Menschen dabei waren, die sich kannten. Damals im Club hatte ich nicht die geringste Ahnung gehabt, wer mich alles angefasst hatte. Nur, dass es viele Hände gewesen waren. Sehr viele.

Nach dem Essen schoben wir die Stühle zur Seite und rückten Sofas und Sessel so hin, dass sie den Raum zur Küche und zum Flur abgrenzten. Daniel ließ die Außenjalousien herunter und knipste das Licht aus. Jetzt war es wirklich stockfinster. Und plötzlich wurde es auch ganz still. Ohne dass unser Gastgeber das Redeverbot noch einmal hätte erwähnen müssen, schwiegen alle. Nur leise Musik war im Hintergrund zu hören. Daniel hatte eine CD mit sphärischen Klängen ausgesucht, die mir das Gefühl vermittelten, gleichsam durch die Dunkelheit zu schweben. Jedenfalls wenn ich ignorierte, dass ich Pumps trug. Aber in diesen hier konnte ich sogar relativ gut laufen.

Ich überlegte, wie lange so ein Spiel wohl dauern konnte. Wir waren alle relativ normal angezogen. Vermutlich kam es darauf an, wie schnell sich die Mitspieler im Dunkeln in dem großen Raum fanden und wie schnell oder langsam sich dann alle gegenseitig entkleideten.

In der Dunkelheit hörte ich, dass das Spiel begann. Irgendjemandem wurde offensichtlich ein Pulli oder ein T-Shirt über den Kopf gestreift, und ich hörte ganz nah das entsprechende Knistern. Dann hörte ich, wie ein Reißverschluss langsam heruntergezogen wurde, vermutlich der einer Jeans. Das Klimpern eines Gürtels kam hinzu, aber aus einer anderen Ecke des Raums. Ich hatte den Eindruck, dass durch die Dunkelheit mein Hören geschärft wurde. Das war wohl auch tatsächlich so. Ich nahm kleinste Geräusche wahr, die irgendwo zu hören waren und überlegte, was da wohl gerade passierte, während ich still am Rand des großen Teppichs stand und einfach nur abwartete.

Dann aber spürte ich Hände auf meinem Rücken. Sie tasteten mein T-Shirt ab, umfassten meine Brüste, wanderten tiefer zu meinem Rock und noch tiefer an meinen Beinen herab. Ich erwartete, dass ich nun einen oder beide Schuhe verlieren würde. Doch die Hände schoben sich wieder nach oben, diesmal unter den Rock und griffen nach meinem Slip. Ein paar Sekunden später war ich unten ohne. Eigentlich hätte ich vermutet, dass ich als erstes Schuhe oder T-Shirt verlieren würde und nicht meinen Slip. Nun ja – niemand hatte gesagt, dass eine bestimmte Reihenfolge einzuhalten war.

Ich beschloss, mich nun auch aktiv an dem Spiel zu beteiligen und streckte meine Hände in die Dunkelheit. Zunächst bekam ich aber niemanden zu fassen. Der Slip-Dieb war schon verschwunden. Ich hatte eigentlich gedacht, dass man sich gegenseitig jeweils ein Kleidungsstück ausziehen sollte. Aber irgendjemand hatte das wohl anders verstanden. Wer mochte das gewesen sein? Ich hatte keine Ahnung. Bei der nächsten Begegnung würde ich schneller zugreifen. Allein schon, weil ich neugierig war, ob meine Finger das Gegenüber erkennen würden.

Ich tastete mich mit den Händen voran langsam durch den Raum und stieß auf einen Mann, dessen Oberkörper bereits nackt war. Steffen war es nicht, Marius vermutlich auch nicht. Ich ließ meine Hände wandern, der Mann war groß und er hatte einen Stoppelbart. Das musste Daniel sein. Ich ging in die Hocke, öffnete seinen Gürtel und den Reißverschluss der Jeans. Ich zog ihm die Hose über die Hüften und er ließ sie sich von mir ausziehen. Schuhe trug er nicht mehr. Oder hatte er von vornherein keine angehabt? Als ich wieder aufstand, hielt er mich fest, griff mir an die Hüften, seine Hände wanderten unter meinen Rock und er stieß auf meinen blanken Po. Offensichtlich hatte er das Gleiche vorgehabt wie der unbekannte Mitspieler vor ihm. Aber unter meinem Rock war nichts mehr – was ihn freilich nicht daran hinderte, seine Finger dort dennoch ein paar Sekunden suchen zu lassen. Und das nicht nur auf meinem Po. Schließlich aber wanderten seine Hände weiter nach oben, griffen zu meinem T-Shirt und schoben es mir über den Kopf.

Im nächsten Moment war er verschwunden und gleich darauf hielt mich jemand anders fest. Ich spürte eine Hand an meinem Arm. Wer auch immer das war: Sie oder er ging vor mir in die Hocke, zog mir einen Schuh aus und war auch schon wieder weg. Erneut hatte ich keine Chance, dem oder der anderen etwas auszuziehen. Außerdem lief ich jetzt auf einem Schuh herum, was ziemlich blöd war. Ich beschloss zu schummeln und streifte mir den zweiten Pumps selbst ab, so dass ich nun nur noch zwei Kleidungsstücke am Körper hatte: Rock und BH.

Erneut hielt ich meine Hände nach vorn und ging langsam durch den Raum. Ich bekam die Brüste einer Frau zu fassen. Es war eine große Frau und es waren sehr große Brüste – das konnte nur Janin sein. Wir drückten uns aneinander, und während meine Finger nach dem Verschluss ihres BHs tatsteten, tat sie das Gleiche bei mir. Gegenseitig streiften wir uns die Oberteile ab, hielten uns aber trotzdem noch einen Moment fest, so dass ich ihre nackten Brüste spüren konnte. Meine Hände wanderten über ihren glatten Rücken tiefer und stießen dort auf ihren Slip. Offenbar war das ihr letztes Kleidungsstück.

Unvermittelt beugte Janin sich zu mir und küsste meine Brustwarzen. Während sie daran leckte, spürte ich andere Hände auf meinem Rücken, die mich nun abtasteten. Auch diese Hände wanderten unter meinen Rock und suchten offenbar nach meinem Slip. Meine Güte, dachte ich, warum sind denn alle so versessen darauf, meine Muschi freizulegen?

Ich griff nach hinten und stieß gegen die deutliche Beule in einem männlichen Slip. Während der Mann mir den Rock öffnete, so dass ich ihn einfach über die Hüften nach unten rutschen lassen konnte, tastete ich in meinem Rücken nach dem Fetzen Stoff. Ganz einfach war es nicht, dem Mann hinter mir seinen Slip auszuziehen, aber es gelang mir – mit ein klein wenig Hilfe von ihm. Er war nun offenbar ebenso nackt wie ich. Sein Schwanz war groß, größer noch als der von Steffen. Es konnte also nur Felix sein, der mir sein steifes Teil nun gegen meinen blanken Po drückte. Er wird dich doch nicht etwa ficken wollen, raunte meine Mahnerin. Hier während des Spiels und ohne Gummi? Das kam nicht infrage!

Aber die Bedenken waren unbegründet. Felix wusste, was sich gehörte. Er beschränkte sich darauf, seinen Schwanz an meinem Po zu reiben – während seine Frau vor mir noch immer meine Brüste küsste. Auch seine Hände wanderten auf meine Vorderseite, strichen über meinen Bauch hinauf zu meinem Busen, wo sie auf Janins Lippen trafen. Gemeinsam liebkosten seine Finger und ihre Zunge meine Brustwarzen. Ahnte Felix wohl, dass seine eigene Frau vor mir stand? Und wusste Janin, dass ihr Mann hinter mir war? Eigentlich war das eher unwahrscheinlich. Der Gedanke, dass ich von zwei Menschen eingerahmt war, die zusammengehörten, machte mich an. Vermutlich auch deshalb, weil die beiden gar nicht wussten, dass der eigene Partner an diesem kleinen Dreier-Spiel beteiligt war.

Doch im nächsten Moment war Janin verschwunden. Sie musste ja noch ein Kleidungsstück loswerden und ging wohl auf die Suche nach der nächsten Begegnung im Dunkeln. Ich hingegen war jetzt nackt. Musste oder sollte ich mich dennoch weiter durch den Raum bewegen und nach Nicht-Nackten suchen? Felix hinter mir hatte offenbar den gleichen Gedanken, denn auch er blieb einfach stehen, drückte sich von hinten an mich und streichelte meine Brüste. Unwillkürlich presste auch ich ihm meinen Po entgegen. Hätte er ein Kondom über dem Schwanz, dürfte er dich jetzt ganz einfach ficken, flüsterte meine Erotikfee. Hat er aber nicht, entgegnete die Mahnerin in mir.

Ich beschloss, unsere Begegnung in der Dunkelheit dennoch weiter anzuheizen. Ich drehte mich zu ihm um, umarmte ihn, gab ihm einen Kuss und kniete mich dann vor ihn auf den weichen Teppich. Dabei bemerkte ich seitlich neben mir eine andere kniende Frau. Ich ertastete ihren nackten Po und ahnte, dass sie mit irgendjemandem das Gleiche tat, was ich gerade mit Felix tun wollte. Wer das wohl war? Und wessen Schwanz sie wohl im Mund haben mochte? Ich versuchte es mit Lauschen herauszufinden, was mir aber nicht gelang. Auch mein Streicheln an ihrem Po und zwischen ihren Beinen brachte mich nicht weiter. Alle Frauen hier waren glatt rasiert – und an die Brüste der anderen kam ich ohne größere Verrenkungen nicht heran.

So konzentrierte ich mich auf Felix. Ich nahm seinen Schwanz zwischen die Lippen – so weit das bei seiner Größe möglich war. Ich saugte dran, kraulte seine Eier und spürte seine Finger, die mir zärtlich durchs Haar glitten. Dabei tasteten sich andere Finger zu meinem Po – ganz offensichtlich die jener Frau, die schräg neben mir kniete und ebenfalls einen Schwanz blies. Als sie ihre Hand zwischen meine Oberschenkel schob, öffneten sich meine Beine. Sie ertastete meine Muschi und streichelte sie. Wollte auch sie herausfinden, wer da neben ihr war? Ich war daran ja gerade gescheitert. Meine Muschi würde sie wohl auch nicht viel weiterbringen. Würde sie mich trotzdem irgendwie erkennen?

Kurz darauf sah ich ein kleines Licht. Jemand hatte ein Streichholz entzündet und hielt es an die Holzwolle im Kamin. Ohne mein Blasen zu unterbrechen, schielte ich zu der Flamme, die rasch etwas größer wurde und den Raum in ein schwaches, schummriges Licht tauchte. Aber es war bereits hell genug, dass ich erkennen konnte, dass Ines neben mir kniete, und Steffens Schwanz im Mund hatte – der im Sofa saß und es sichtlich genoss. Das war der Moment, in dem alle im Raum innehielten mit dem, was sie gerade taten. Ich ließ Felix Schwanz aus dem Mund herausgleiten und sah mich um. Als erstes traf ich Ines´ Blick, die ebenfalls aufhörte, Steffens Schwanz zu blasen. Sie nahm die Hand vor den Mund und sagte etwas verlegen:

„Ich hätte schwören können, dass das hier der Schwanz von Felix ist."

„Nein", entgegnete ich. „Den habe diesmal ich."

Steffen musste grinsen. Offensichtlich empfand er Ines´ Worte als Kompliment. Denn Felix war hier eindeutig der Mann mit dem größten Schwanz.

Daniel hatte recht gehabt: Tatsächlich waren alle im Raum nackt, als er den Kamin und anschließend ein paar Kerzen entzündete. Und was danach geschah, musste auch niemand organisieren. Es ergab sich, es hatte sich bereits ergeben. Jeder im Raum war irgendwie mit irgendjemandem beschäftigt. Und die Lichtwerdung unterbrach die beginnende Orgie nur für wenige Orientierungssekunden.

Ob Ines wohl die Einzige war, die sich in der Dunkelheit geirrt hatte? Steffen sagte mir später, dass auch er nicht gewusst hatte, wer seinen Schwanz da so hingebungsvoll verwöhnte. Es war ihm aber auch egal. Er wusste nur, dass ich es nicht war. Mein Lippenspiel, meinte er, würde er unter Tausenden erkennen. Manchmal trug ganz schön dick auf. Aber ich nahm es als Kompliment und Ausdruck der Verbundenheit.

Auch in jenem Moment, in dem das Licht in den Raum kam, spürte ich diese Nähe zwischen uns. Denn ich sah nicht nur Ines an, sondern anschließend auch Steffen in die Augen. Mein Liebster zwinkerte mir zu und ich ihm. Nur ganz leicht, aber doch genug, um dieses Band zwischen uns herzustellen, das uns beim Swingen so wichtig war. Ich blies einen fremden Schwanz und Steffen wurde von einer anderen Frau verwöhnt – und wir beiden spürten unsere tiefe Verbundenheit.

Es entstand jetzt das, was auch schon am ersten Abend nach dem Tschakka-Tschakka-Spiel entstanden war: ein wildes Durcheinander. Felix ließ sich ins Sofa neben Steffen fallen, und Ines und ich bliesen gemeinsam die beiden Schwänze. Allerdings machte mir Ines den von Felix abspenstig. Ich stand auf und setzte mich zu den beiden Männern ins Sofa. Genauer gesagt: Ich quetschte mich zwischen sie. Ich küsste erst Steffen, dann Felix, dann wieder Steffen. In jeder Hand hatte ich einen Schwanz – wobei ich mir den von Felix mit Ines teilen musste, die an ihm leckte und blies. Aber sein Teil war groß genug, dass ich es in der Hand und Ines gleichzeitig im Mund haben konnte. Ich beugte mich in Felix' Schoß und löste Ines beim Blasen ab. Aber nur kurz. Dann nahm ich Steffens Schwanz in den Mund, schließlich küsste ich meinen Liebsten wieder.

Zu allem Überfluss in diesem Wechselspiel kam nun auch noch Daniel zu uns. Er kniete sich neben Ines und schob seinen Kopf zwischen meine Beine, die ich für ihn öffnete. Während er mich leckte, wanderte mein Blick durch den Raum. Ich sah Marius, der hinter Janin kniete und sie von hinten nahm, während Tabia von ihr geleckt wurde. Sie waren gar nicht weit weg. Ich ertappte mich bei dem Wunsch, Marius möge die beiden Frauen allein lassen, zu uns kommen und mich ficken. Aber er tat nichts dergleichen. Er schaute nicht einmal zu mir herüber. Bereitwillig spreizte ich deshalb meine Beine noch mehr, als Daniel ein Kondom überzog. Noch immer vor mir kniend, drang er in mich ein und begann mich zu ficken – während ich noch immer von zwei weiteren nackten Männern eingerahmt war, deren Schwänze ich in den Händen hatte. Ich lehnte mich zurück, schloss die Augen und genoss den Augenblick.

Als ich sie wieder öffnete, waren auch die anderen drei zu uns ans Sofa gekommen. Jetzt bildeten wir ein Knäuel zu acht. Marius hatte sich hinter Ines gekniet und nahm nun sie von hinten. Na, dann hat er uns ja heute alle vier durch, schoss es mir durch den Kopf. Tu nicht so, flötete meine Erotikfee. Bis auf Felix hast du heute auch schon mit allen Männern hier gefickt. Und den hast du ja wohl zumindest schon ausgiebig geblasen.

Eigentlich erübrigten sich solche Gedanken. Hier trieb nun wirklich jeder mit jedem – abgesehen von den Männern untereinander, die alle vier keine Neigung zum eigenen Geschlecht erkennen ließen. Trotzdem wurmte es mich ein wenig, dass Marius sich auch dieses Mal durch den Raum vögelte und mich keines Blickes würdigte.

Was mich aber nicht daran hinderte, die Nummer mit Daniel zu genießen. Er war eher sanft, verwöhnte mich gleichzeitig auch mit den Fingern und brachte mich auf die Weise bald zum Orgasmus. Er stieß mich etwas schneller, und schließlich kam er in mir. Als er seinen Schwanz herauszog, war das Gummi prall gefüllt.

Bevor ich mich versah, kniete Felix neben mir auf dem Sofa und bot mir seinen Schwanz an. Ich griff zu und blies ihn. Er schmeckte nach Gummi. Wo und vor allem bei wem war er denn gewesen, fragte ich mich.

Erst jetzt fiel mir auf, dass er schon eine ganze Weile nicht mehr neben mir gesessen hatte. Da er ja wohl kaum seine eigene Frau mit Kondom gefickt hätte, konnte er nur mit Tabia gevögelt haben. Ich nahm es als Kompliment, dass er nun zu mir kam. Tabia, so sah ich aus den Augenwinkeln, knutschte derweil mit Steffen. Mehr allerdings nicht; sie waren einfach nur zärtlich miteinander. War Steffen vielleicht schon gekommen? Falls ja, wie und bei wem, wenn Felix es mit Tabia getan hatte? Mir wurde schwindelig, ich verlor völlig den Überblick. Ich war trotz aller Neugierde doch sehr bei mir und bei meinem Fick mit Daniel gewesen.

Dafür konzentrierte ich mich nun auch auf Felix und seinen großen Schwanz. Obwohl ich zu den Frauen gehörte, für die die Größe nun wirklich nicht sonderlich wichtig war, musste ich mir eingestehen, wie imposant ich seine Männlichkeit in diesem Augenblick wahrnahm. Ich blies ihn und rieb im gleichen Takt mit der Hand daran.

Schließlich begann er zu zucken. Würde ich jetzt einfach weitermachen, so würde er mir in den Mund spritzen – genau wie Marius es am Nachmittag getan hatte. Nur, weil du es jetzt einmal zugelassen hast, musst du das doch nicht jedem Mann erlauben, raunte meine Mahnerin. Sie hatte recht. Unmittelbar bevor es ihm kam, ließ ich Felix′ Schwanz aus meinem Mund herausgleiten. Gerade noch rechtzeitig. Sein erster Spritzer traf mich an der Wange, ein zweiter am Hals, dann tropfte das zuckende Teil in meiner verschmierten Hand nur noch. Ein wenig von seinem Sperma fiel auf meine Brüste.

„Lass mich mal", sagte Janin leise und verdrängte mich von seinem Schwanz.

„Er liebt das", fügte sie flüsternd hinzu, während sie den noch immer halbwegs erigierten Penis ihres Mannes ableckte und in den Mund nahm. Zu meiner Überraschung küsste sie mir dann auch noch seinen Saft von Wange und Hals.

Mit Steffen hätte ich das wohl auch gemacht, dachte ich. Aber Felix war mir dafür nicht vertraut genug. Und mit Marius, fragte meine Erotikfee. Ich hatte keine Antwort für sie.

Ermattet sank ich auf das Sofa zurück und blickte in den Raum. Die Orgie war abgeebbt. Alle waren ganz offensichtlich befriedigt und einigermaßen erschöpft. Nur Tabia hatte offenbar noch Energie.

„Komm, wir gehen duschen", sagte sie zu mir, gab mir die Hand und zog mich aus dem Sofa. Willenlos folgte ich ihr ins Bad, wo wir uns gemeinsam abduschten.

„Steffen ist ein toller Stecher", sagte sie, während ich das warme Wasser genoss.

„Habt ihr heute Abend gevögelt?", fragte ich irritiert.

„Aber ja", lachte sie. „Hast du das etwa nicht mitbekommen?"

„Ich glaube, ich hatte irgendwann einen Filmriss. Ich hab wohl so manches nicht mitbekommen."

„Kenn ich", entgegnete sie lächelnd. „Manchmal vergesse ich auch alles um mich herum und genieße nur noch. Offenbar hat Daniel dich gut verwöhnt."

Hatte er, musste ich mir eingestehen – und schämte mich ein wenig, dass ich zu Beginn der Nummer negative Gedanken wegen Marius' Desinteresse gehabt hatte. Aber darüber verlor ich Tabia gegenüber besser kein Wort. Möglicherweise könnte sie noch auf den Gedanken kommen, ich sei in ihren Freund verliebt, wenn sie feststellte wie wichtig es mir war, was er während der Orgie so alles tat. Und vor allem, was er so alles nicht tat.

Soweit ich mich erinnern konnte, hatte er mich an diesem Abend nicht einmal auch nur angefasst – es sei denn unbemerkt beim Ausziehspiel im Dunkeln. Bist du verliebt in ihn, fragte meine Mahnerin. Quatsch, natürlich nicht, hielt ich ihr entgegen. Naja, vielleicht ein ganz klein bisschen, flüsterte meine Erotikfee. Oh oh, sagte meine Mahnerin. Verwirrt trocknete ich mich ab. Tabia sah mich fragend an, sagte aber nichts. Sie bemerkte offenbar, dass meine Gedanken grad nicht bei ihr waren.

Als wir ins Wohnzimmer zurückkamen, hatten sich die anderen auf dem Teppich vor dem Kamin versammelt. Es war schön anzusehen, wie der Feuerschein ihre nackten Körper beleuchtete. Einige hatte Weingläser in der Hand, die meisten sahen ins Feuer.

Während im Hintergrund die CD die dritte oder vierte Wiederholungsschleife durchlief, unterhielten sich meine Freunde in einer Tonlage, die der Musik angepasst war: ruhig und leise.

Ich setzte mich zu Steffen und schmiegte mich an ihn. Sein Körper war warm, er roch nach Sex. Vor dem Schlafengehen würde auch er noch duschen müssen. Ich nahm ihm lächelnd seinen Rotwein aus der Hand und nahm einen Schluck. Als ich es ihm zurückgab, reichte Daniel mir ein eigenes Glas. Der perfekte Gastgeber, dachte ich. Und ein einfühlsamer Liebhaber, fügte meine Erotikfee hinzu. Stimmt, dachte ich. Er hatte mir da am Sofa in dieser für ihn auf Dauer doch wohl eher unbequemen Position einen wundervollen Höhepunkt beschert. Ich schenkte ihm ein besonderes Lächeln. Eins von der Art, das nicht einfach nur „danke für den Wein" sagte, sondern „ich mag dich". Er verstand es und setzte sich mit dem gleichen Lächeln auf den Teppich zurück.

„Ihr seid schon ein tolle Truppe", sagte ich in einem zufriedenen Tonfall.

„Das kann ich nur unterstreichen", pflichtete Tabia mir bei.

„Auf jeden Fall haben Ines und Daniel genau die richtige Gruppe für dieses Wochenende zusammengestellt – und alles perfekt vorbereitet", fügte Janin hinzu.

„Sagen wir, wir hatten sehr viel Glück mit euch. Bei vier Paaren hätte es ja auch sein können, dass irgendwer irgendwen nicht so richtig riechen kann. Und dann kann so ein Wochenende auch ganz anders verlaufen", bemerkte Daniel.

„Habt ihr das schon mal erlebt?", fragte ich.

„Oh ja", entgegnete Ines. „Aber das sollten wir hier und jetzt vielleicht lieber nicht vertiefen. Dafür ist die Stimmung grad viel zu schön."

Stimmt, dachte ich. Das sollten wir besser nicht vertiefen. Auch wenn ich durchaus neugierig gewesen wäre. Aber in diesem Moment hätte das meinen schrägen Gedanken vom Freitagabend wiederbeleben können, dass wir hier nur ein Paar unter vielen waren, die unsere Gastgeber in diesem Ferienhaus empfingen. Ein Paar unter sehr vielen. Doch das wollte ich nicht weiterdenken. Schon gar nicht jetzt.

Wir blieben eine ganze Weile so sitzen, manchmal kehrte Stille ein, in der wir nur die Musik und das Knistern des brennenden Holzes hörten. Dann wieder entspann sich ein Gespräch über unser Wochenende und vor allem den zu Ende gehenden Abend. Wir redeten über Sex (genauer gesagt: über Gruppensex) wie andere Menschen über das Wetter oder Fußball redeten.

„Wer hat mir eigentlich zu Beginn des Abends meinen Slip ausgezogen?", fragte ich in die Runde. „Ich war ja etwas überrascht, dass ich den als erstes losgeworden bin. Noch vor dem Rock und allem anderen."

„Ich glaube, es gab keine Vorschrift, dass eine bestimmte Reihenfolge einzuhalten ist", entgegnete Marius und grinste breit.

„Aha", stellte ich fest. „Du warst das also."

Er hatte mich also doch nicht völlig ignoriert an diesem Abend, dachte ich. Immerhin.

„Ich kann ihn verstehen", sagte Daniel. „Einer schönen Frau den Slip auszuziehen, ist schon etwas Besonderes. Das macht jeder Mann gern."

„Scheint so", entgegnete ich. „Meinen Slip hätte ich in der Dunkelheit mindestens dreimal loswerden können. Solange ich meinen Rock noch anhatte, sind alle möglichen Hände ziemlich zielstrebig darauf losgegangen."

„Wie bei mir", pflichtete mir Ines bei. „Ich bin auch als erstes meinen Slip losgeworden."

Im Laufe des Gesprächs hörte ich noch so manches von dem, was ich verpasst hatte – sei es, weil es noch dunkel gewesen war, sei es, weil ich im Sofa zeitweise etwas weggetreten war. So erfuhr ich, dass Steffen zwar mit Tabia gevögelt hatte, es ihm aber zwischen Janins großen Brüsten gekommen war. Auch davon hatte ich nicht das Geringste mitbekommen.

Irgendwann gingen Janin und Felix ins Bad, nach ihrer Rückkehr auch Ines und Daniel. Aber als die beiden zurückkehrten, setzten sie sich nicht wieder zu uns auf den Teppich. Stattdessen standen auch Janin und Felix wieder auf. Alle vier verabschiedeten sich und verschwanden in Richtung ihrer Zimmer. An der Tür zum Flur bog jedoch Daniel mit Janin nach rechts und Ines mit Felix nach links ab. Aha, dachte ich, als ich Janins nackten Po verschwinden sah, die beiden Paare tauschten erneut die Partner in getrennten

Zimmern – genau wie in der Nacht zuvor. Offenbar hatten sie sich darauf längst irgendwann verständigt.

Ich spürte, dass dieses Thema nun auch zwischen uns im Raum stand. Marius hatte ja schon am Abend zuvor auf einen solchen Partnertausch gedrängt, war aber von Tabia und mir unsanft ausgebremst worden. Partnertausch in getrennten Zimmern war schon etwas sehr Besonderes. Sollte ich mich nun darauf einlassen – falls die anderen das wollen würden? Ich war ein wenig unschlüssig. Wir könnten ja auch einfach noch hier zu viert vor dem Kamin bleiben. Am Nachmittag war unser Vierer im Schlafzimmer wundervoll gewesen. Warum nicht so etwas wiederholen? Falls nach diesem Abend denn überhaupt noch jemand die Energie für Sex haben sollte. Allerdings hatte ich in der Hinsicht zumindest bei Steffen keine Zweifel. Er konnte eigentlich fast immer.

Bevor jemand das Thema ansprach, stand Marius auf und ging duschen. Zu meiner Überraschung begleitete Steffen ihn. Naja, die beiden gehen duschen, stellte die Realistin in mir fest. Sonst nichts. Ich ertappte mich dabei, wie ich alles, was hier geschah, durch eine erotische Brille betrachtete. Vielleicht war es ganz gut, dass das Wochenende am nächsten Tag vorbei sein würde und ich wieder zu mir kommen konnte. Zugleich war es aber auch schade, wie ich meiner Erotikfee beipflichten musste.

„Hast du dich eigentlich schon mal verliebt beim swingen?", fragte Tabia unvermittelt, als die beiden Männer im Bad verschwunden waren.

Ich stutzte. Was sollte ich dazu nun sagen? „Weiß nicht so genau", wich ich aus. „Was heißt schon verlieben?"

„Also mir ist das schon mehrfach passiert", setzte Tabia nach.

„Ernsthaft?"

„Na klar. Wenn wir einem Paar wirklich nah kommen, dann passiert so was schon mal."

„Und wie gehst du damit um? Was sagt Marius dazu?"

„Naja, ist doch ein schönes Gefühl. Vor allem, wenn ich merke, dass Marius das mit der anderen Frau auch passiert. Allerdings verliebt er sich nicht so leicht. Ich glaube, das hatten wir erst ein Mal. Jedenfalls soweit ich das bemerkt hätte."

„Naja, aber ich meine: Verlieben – das ist doch eigentlich etwas Exklusives für die Partnerschaft."

„Tja, was will man machen? Als mir das zum ersten Mal passierte, war ich nur irritiert. Aber dann habe ich festgestellt, dass so etwas kommt und geht. Andere Menschen würden es vielleicht gar nicht als Verliebtsein bezeichnen, sondern eher als Schwärmerei. Ist aber auch egal, wie man es nennt. Das Entscheidende ist, dass es ein anderes Gefühl ist als das, was Marius und mich verbindet. Zwischen uns ist das viel tiefer. Und vor allem: Da kommt keiner dazwischen."

Ich sah nachdenklich durch meinen Rotwein hindurch ins Feuer.

„Und ich finds überhaupt nicht schlimm, dass du dich in Marius verliebt hast", fügte Tabia lächelnd hinzu.

Ich zuckte zusammen. Ertappt, dachte ich. „Bist du immer so empathisch?", fragte ich.

„Ich hoffe", entgegnete sie lächelnd, umarmte mich und gab mir einen Kuss. Aneinandergeschmiegt blieben wir sitzen. Wobei ich keineswegs weniger irritiert war als vor diesem Gespräch. Im Gegenteil.

„Na, was passiert hier?", fragte Marius mit einer etwas zu kräftigen Stimme, als er und Steffen kurz darauf aus dem Bad zurückkamen. „Zärtlichkeit unter Frauen?"

Eindeutig kein Empath, dachte ich. Aber die Männer gaben uns keine Zeit, groß etwas zu erwidern. Stattdessen reichte mir Steffen seine Hand und zog mich vom Teppich zu sich hoch – ebenso wie es Marius mit Tabia tat.

„Möchtest du gern die Nacht mit Marius verbringen?", flüsterte mein Liebster mir ins Ohr.

Ich schaute ihm in die Augen, bis ich schließlich unentschlossen die Schultern hob. Das war mal wieder einer dieser Ja-nein-doch-vielleicht-Momente, bei denen ich mich immer wieder ertappte – und die ich an mir selbst überhaupt nicht ausstehen konnte. Warum konnte ich nicht einfach klar Ja sagen – oder auch Nein. Vielleicht, weil Tabia mit ihrer empathischen Einschätzung mir gegenüber völlig recht hatte?

„Ja", hörte ich mich plötzlich zu meiner eigenen Überraschung sagen. „Ich würde gern die Nacht mit Marius verbringen."

Steffen lächelte mich an und küsste mich – ebenso wie Marius das mit Tabia in diesem Moment tat. Als wir uns wieder ein wenig voneinander lösten, wurde aus unserer Umarmung zu zweit eine Umarmung zu viert. Ich spürte Marius´ Arm, der sich um mich legte, ebenso wie Steffen mit einem Arm Tabia umfing. Wieder küsste Steffen mich, diesmal aber nur kurz. Als sich unsere Lippen erneut voneinander trennten, waren da die von Marius und setzten den Kuss fort. Jedenfalls kam mir das im ersten Augenblick so vor. Aber natürlich war es ein ganz anderer Kuss. Jeder Mann küsste anders, und Steffen sehr besonders. Dafür sprach aus Marius´ Kuss ein weit stärkeres Begehren. Ich spürte, dass er mich wollte. Mich allein und ohne irgendwelches Gruppensex-Durcheinander.

Unsere Vierer-Umarmung löste sich auf. Steffen nahm Tabias Hand und ging mit ihr zum Flur. Marius und ich folgten ihnen, ebenfalls Hand in Hand. An der Schlafzimmertür der anderen beiden bogen Tabia und Steffen ab, sie blieben kurz stehen, Steffen küsste mich noch einmal, Tabia und Marius taten das Gleiche, dann schloss sich die Tür hinter ihnen. Niemand hatte mehr ein Wort gesprochen.

Marius und ich gingen eine Tür weiter und betraten unser Schlafzimmer. Ich entzündete die Kerze auf dem Nachttisch und blieb unschlüssig vor dem Bett stehen. Marius umarmte und küsste mich erneut.

Die erste Nacht mit einem neuen Mann, flüstere meine Erotikfee. Sie hatte recht. Genau so fühlte es sich jetzt an – auch wenn es irgendwie nicht das Gleiche war wie im normalen Leben. An sich würde ein neuer Mann mich jetzt so nach und nach ausziehen, dachte ich. Wir aber waren ja längst nackt – weil wir an diesem Abend beide bereits mit anderen gevögelt hatten. Und trotzdem spürte ich meinen Herzschlag im Hals. Auch wenn es eine ganz andere Situation war: Es war dennoch die erste Nacht mit einem Mann, in den ich mich verliebt hatte. Jedenfalls ein bisschen. Ob Tabia sich wohl auch in Steffen verliebt hatte? Das hatte ich sie gar nicht gefragt, dachte ich plötzlich und ertappte mich bei dem Gedanken, dass mir das gar nicht recht gewesen wäre. Aber was hatte sie doch vorhin gesagt: Was sollte man machen …

„Habt ihr das vorhin unter der Dusche ausgemacht?", fragte ich Marius.

„Ja, natürlich. Habt ihr beide vor dem Kamin nicht über das Thema gesprochen?"

„Nein, kein Wort."

Marius sah mich erstaunt an: „Ernsthaft nicht? Worüber habt ihr denn geredet, während wir geduscht haben?"

„Das willst du gar nicht wissen", entgegnete ich.

„Na, dann muss ich wohl Tabia fragen."

Ich grinste ihn breit an und war sehr sicher, dass auch sie ihm das nicht verraten würde. Vielleicht irgendwann einmal. Aber sicher nicht am nächsten Morgen.

„Überrascht hat es dich aber nicht, dass wir das wollten, oder?", setzte Marius nach.

„Weiß nicht, ich war mir da nicht so sicher. Im Gewühl hast du mich ja regelrecht gemieden, hatte ich den Eindruck."

„Pssst", sagte er plötzlich und legte mir einen Finger auf meinen Mund. Dann schlug er die Decke zur Seite und schob mich sanft ins Bett. Ich ließ mich hineinfallen und wartete ab, was er tun würde. Zu meiner Überraschung griff er sofort zu einem Kondom und zog es sich über den halbwegs erigierten Schwanz. Ich öffnete meine Beine und er kam sofort zu mir. In mir wurde sein Schwanz rasch ganz steif und er begann, mich mit sehr langsamen Stößen zu nehmen.

„Kann sein, dass dir das im Gewühl so vorgekommen ist", sagte er, während er mir dabei in die Augen sah. „Aber das war nicht so. Ich hatte nur keine Gelegenheit. Tatsächlich habe ich immer wieder Ausschau nach dir gehalten und nach einer Gelegenheit gesucht, es mit dir zu tun. Aber irgendwie warst du ständig rundum beschäftigt."

Dem konnte ich allerdings nicht widersprechen, sagte jedoch nichts.

„Ich hab es versucht. Aber mehr als deine schönen Brüste streicheln, als Daniel dich gefickt hat, habe ich einfach nicht geschafft."

„Du hast meine Brüste gestreichelt dabei?", fragte ich erstaunt.

„Ja, hast du gar nicht bemerkt, was?"

„Nein."

„Naja, du warst ja wohl auch ein bisschen weggetreten bei der heißen Nummer im Sofa."

„Redest du immer so viel, wenn du mit einer Frau schläfst?", fragte ich ihn.

Er grinste und küsste mich. Trotzdem redete er weiter – während sich der Rhythmus seiner Stöße etwas beschleunigte.

„Felix wollte dir in den Mund spritzen, nicht wahr?"

„Ja."

„Aber du hast es verweigert."

„Ja."

„Warum?"

„Nicht jeder darf alles bei mir", entgegnete ich.

Genau das wollte Marius offensichtlich hören. „Schön, dass ich das am Nachmittag durfte", flüsterte er mit einer ausgesprochen weichen Stimme.

„Bislang gab es in meinem Leben überhaupt nur einen Mann, der das durfte. Und das ist Steffen."

„Beim Swingen hatte dir noch nie ein anderer Mann in den Mund gespritzt?", hakte er nach, und ich hatte das Gefühl, dass sein steifer Schwanz in mir noch härter wurde.

„Nein, ich bin da sehr wählerisch", entgegnete ich und dachte plötzlich daran, was für ein großes Kompliment ich ihm mit dieser Aussage gemacht hatte.

Offensichtlich sah er das genauso. Er lächelte und küsste mich dann – lange und verlangend.

„Wo hast du denn heute Abend bei der Orgie dein Sperma gelassen?", fragte ich ihn.

„Nirgendwo."

„Nirgendwo?"

„Nein, ich bin nicht zum Abspritzen gekommen. Hat sich irgendwie nicht ergeben."

„Aber du hast es doch mit Janin und dann auch noch mit Ines gemacht."

„Stimmt, ich habe mich ein bisschen durch den Raum gevögelt – in der Hoffnung, dann endlich auch bei dir landen zu können. Aber abspritzen wollte ich bei keiner von beiden und hab das auch nicht."

„Hättest du bei mir?"

„Mit Sicherheit!"

Schau einer an, dachte ich, während er nun noch schneller in mich stieß. Er wollte sich also schonen, um noch mit mir vögeln zu können. Der Gedanke machte mich an und ich erlebte einen wundervollen Höhepunkt. Ein leiser, aber heftiger Orgasmus durchzuckte mich. Als er halbwegs abgeebbt war, machte Marius weiter.

„Würdest du es noch einmal tun?", fragte er plötzlich.

„Was meinst du?"

Er zögerte einen Moment, bevor er sagte: „Dir von mir in den Mund spritzen lassen."

Ohne eine Antwort zu geben, schob ich ihn von mir herunter. Er ließ sich auf den Rücken fallen, ich kniete mich zwischen seine Beine, griff zu seinem Schwanz und zog ihm das Gummi ab. Gierig griff ich ihn und begann zu blasen. Da gab es jetzt keinen Zweifel mehr in mir. Ich wollte ihn zum Spritzen bringen. Mit meinen Lippen. In meinem Mund! Ich wollte das Sperma haben, das er den beiden anderen Frauen heute Abend vorenthalten hatte und legte viel Gefühl in das, was ich da tat. Es dauerte nicht lange, bis es schließlich aus ihm herausprudelte. Es war viel, sehr viel. Vermutlich noch mehr als am Nachmittag. Wohl deshalb, weil er am Abend schon viel gevögelt hatte, aber nicht gekommen war. Da hatte sich etwas aufgestaut – wie am Nachmittag nach der Sauna.

Die Teufelin in mir beschloss, ihn noch mehr anzumachen. Ich richtete mich auf, sah ihm in die Augen – und öffnete dann meinen Mund. Seine Augen wurden immer größer, als er sah, wie sein Sperma aus meinem Mund heraus und auf meine Brüste floss, wo ich es mit den Händen verrieb. Allerdings achtete ich darauf, dass ich es nicht in den Schoß bekam. Fremdes Sperma im Mund war ja schon so eine Sache. Aber an der Muschi – das ging gar nicht. Als sein Höhepunkt abgeebbt war, stand ich auf und ging zur Tür.

„Wo willst du hin", fragte er erstaunt.

„Duschen", erwiderte ich.

„Duschen?"

„Ja klar. Schau mich an. Überall ist dein Sperma. Das muss erst wieder weg. Kommst du mit?"

„Ja, jaja, gleich", murmelte er, und ich ahnte, was passieren würde.

Ich ging allein ins Bad und duschte mich kurz ab. Als ich zurückkam, schlief Marius tief und fest. Darauf hätte ich wetten können, als er „jaja, gleich" mit immer leiser werdender Stimme gesagt hatte. Warum schliefen Männer nach dem Sex nur immer ein, dachte ich, während ich mich zu ihm legte und mich von hinten an ihn kuschelte. Eigentlich mochte ich diese Einschlafstellung lieber umgekehrt, aber das war mit diesem Mann nun wohl kaum möglich.

Schlafen konnte ich allerdings noch nicht so recht. Von nebenan hörte ich ein quietschendes Bett. Tabia und Steffen waren offensichtlich noch voll dabei. Auch ich war trotz des sexreichen Abends noch keineswegs völlig satt, und so legte ich meine eigenen Finger in den Schoß und streichelte mich selbst zu einem weiteren Orgasmus, während ich den Geräuschen von nebenan lauschte. Erst danach konnte ich mich entspannen. Und als schließlich auch Tabias Orgasmusstöhnen abgeklungen war, schlief ich ein.

Ich hatte keine Ahnung, wie spät es sein mochte. Draußen war es schon hell geworden, aber das musste im Mai nicht viel heißen. Gefühlt war es mitten in der Nacht, als ich wundervolle Berührungen zwischen meinen Beinen wahrnahm. Erst hatte ich Mühe, aus dem Schlaf zu finden, war mir nicht so recht sicher, ob das in einen Traum gehörte oder schon in die wirkliche Welt.

Dann endlich war ich wach genug, um zu realisieren, dass Marius zwischen meinen Beinen lag und mich leckte. Wundervoll, dachte ich nur, blieb ruhig liegen und genoss es. Lediglich meine Hände ließ ich sanft durch sein Haar gleiten, um ihm zu signalisieren, dass ich bei ihm war. Ich hatte keine Ahnung, wie lange er mich leckte, aber er bescherte mir einen Orgasmus, der meinen Körper komplett durchzuckte. Er tauchte aus meinem Schoß auf, sah mich an und küsste mich. Seine Lippen waren von meiner Feuchtigkeit verschmiert, und der Kuss war ebenfalls feucht und heiß. Meine Finger wanderten zu seinem Schwanz, der bereits wieder eine stattliche Größe hatte. Ich rieb daran, bis er wieder völlig steif war. Marius griff sich ein Kondom, zog es sich über und ich setzte mich auf ihn. Nach einem kurzen, aber heftigen Ritt kam ich erneut und schrie meinen Orgasmus heraus. Ich hielt kurz inne und machte dann weiter. Es dauerte nicht lange, bis es ihm in mir kam. Erschöpft blieb ich auf ihm liegen und genoss seine Hände, die meinen Po kneteten.

Irgendwann stellte ich fest, dass wir so eingeschlafen waren. Plötzlich war ich hellwach. Oh oh, sagte die Mahnerin in mir, und ich tastete ganz vorsichtig in meinen Schoß. Marius´ zusammengefallener Schwanz steckte noch halbwegs in mir, glücklicherweise war das Kondom nicht abgerutscht. Ich hielt es fest, während ich uns aus der Lage befreite und betrachtete das benutzte Gummi. Es war mit Sperma gefüllt, wenn auch nicht allzu sehr. Aber es war sicher nichts herausgelaufen. Die Gefahr hätte wohl nur bestanden, wäre es abgerutscht, während Marius noch in mir war. Aber das war es nicht, beruhigte ich mich.

Unbedingt immer den gummierten Schwanz herausrutschen lassen, bevor er zusammenfällt, rief ich mir eine überaus wichtige Swinger-Regel ins Gedächtnis, die ich eigentlich kannte und stets beherzigte. Eigentlich. Aber das war wohl ein Risiko beim Partnertausch in getrennten Zimmern. Es entstand unweigerlich eine Nähe, wie ich sie sonst nur mit Steffen hatte – und da liebte ich es, wenn wir gemeinsam einschliefen, während sein Schwanz noch in mir war. Aber da gab es ja auch kein Gummi zu beachten, das nicht abrutschen durfte.

Ich warf das benutzte Kondom aus dem Bett und versuchte, wieder einzuschlafen. Aber die Gedanken, die meine Mahnerin mir in den Kopf schickte, hinderten mich eine ganze Weile daran. Neben mir hörte ich Marius´ regelmäßigen Atem, der offensichtlich gar nichts mitbekommen hatte von meiner vorsichtigen Gummientsorgung.

Montag:
Die Leichtigkeit nach dem Gruppensex

Meine Uhr auf dem Nachttisch zeigte 11.20 Uhr, als ich gegen das Licht anblinzelte, das an den Vorhängen vorbei ins Zimmer huschte. Für meine Verhältnisse fand ich recht schnell aus dem Schlaf. Allerdings fiel mir erst nach ein, zwei Minuten ein, dass der gleichmäßig atmende Mann neben mir nicht Steffen war, sondern Marius. Ich setzte mich auf und sah ihn an. Unwillkürlich musste ich lächeln. Es war eine heiße Nacht gewesen – auch wenn ich noch nie erlebt hatte, dass ein Mann beim Sex derart viel redete.

Tabia hatte wohl durchaus recht gehabt mit ihrer Vermutung, dass ich in ihren Freund verliebt sei. Ein bisschen war ich das bestimmt – aber nicht dramatisch und schon gar nicht gefährlich, wie ich meine Mahnerin beruhigen konnte. Ich war froh über diese Partnertauschnacht, die das Wochenende für mich irgendwie harmonisch abrundete. Ohne diese Nacht hätte ich vielleicht das Gefühl gehabt, etwas verpasst zu haben.

Ich ließ eine Hand durch seine kurzen Haare gleiten. Er rührte sich nicht und ich fragte mich, ob ich ihn wohl wecken sollte. Oder sollte ich still in die Küche schleichen und mit Kaffee zurückkehren? Doch den Gedanken verwarf ich sofort wieder. Das hätte eine Anmutung von Beziehung gehabt. Außerdem hatte Marius an diesem Wochenende immer wieder machohafte Anwandlungen gezeigt. Die Haltung musste ich mit solchen Gesten nicht auch noch füttern. Ich beschloss, keine falschen Signale zu senden und stand auf. Ich griff mir einen Slip, zog ein T-Shirt über und verließ leise das Schlafzimmer.

Im Wohnzimmer saßen die anderen um den Esstisch und hatten bereits mit dem Frühstück begonnen. In meine Nase zog wundervoller Kaffeeduft, dazu roch es nach aufgebackenem Weißbrot und gebratenem Schinkenspeck. Ich bemerkte, dass ich Hunger hatte. Ich murmelte ein unausgeschlafenes „Guten Morgen" in den Raum, gab sowohl Steffen als auch Tabia einen Kuss und setzte mich neben meinen Liebsten. Dabei fiel mir auf, dass Steffen ein T-Shirt trug, das etwas zu eng für ihn war. Vermutlich gehörte es Marius, der etwas kleiner war als Steffen. Wir waren in der Nacht ja bereits nackt in die Schlafzimmer gegangen. Und da, wo Steffen geschlafen (oder was auch immer getrieben hatte), hatte er keine Sachen zum Anziehen. Da er Marius und mich wohl nicht stören wollte, hatte er irgendetwas gegriffen, was er im Schlafzimmer vorfand. Auch der Slip, der unter seinem T-Shirt hervorlugte, war offensichtlich von Marius. Ich ließ einen Finger hineingleiten, zog am Gummi und ließ es zurückschnellen.

„Ihr tauscht nicht nur die Schlafzimmer und die Frauen, ihr tauscht auch die Unterwäsche?", frotzelte ich. Damit löste ich allgemeine Heiterkeit in der Runde aus.

„Wo hast du denn Marius gelassen?", fragte Tabia.

119

„Der schläft noch", entgegnete ich und erwartete frivole Bemerkungen aus der Runde, dass ich ihn wohl in der Nacht völlig ausgelaugt hätte – oder irgendetwas in der Art. Aber nichts dergleichen kam. Lediglich einige verstohlene Blicke wurden ausgetauscht, die man vielleicht in der Art hätte deuten können – wenn man es denn so deuten wollte. Ich beschloss, es nicht zu wollen.

„Schläft noch", wiederholte Tabia nachdenklich. „Ich glaube, das muss ich ändern." Sie nahm zwei Tassen Kaffee und verschwand in Richtung des Schlafzimmers, das ich gerade verlassen hatte. Ich schaufelte mir eine große Portion Rührei auf den Teller, brach ein Stück Baguette ab und begann zu frühstücken.

Tabia und Marius kamen vorerst nicht zu uns an den Frühstückstisch. Es waren vielleicht zehn oder fünfzehn Minuten vergangen, als wir eindeutige Geräusche aus ihrem Schlafzimmer vernahmen.

„Euer Haus ist wirklich hellhörig", sagte ich und kaute weiter. Zu meinem Erstaunen brach plötzlich alles in Gelächter aus und ich schaute irritiert in die Runde. Alle grinsten mich an, als hätte ich etwas Urkomisches gesagt. Schließlich brach es aus Ines heraus:

„Wir dachten eigentlich alle, dass du Marius völlig platt zurückgelassen hättest, und er nicht mal mehr Kraft für den Gang zum Frühstückstisch hatte. Offensichtlich haben wir uns geirrt."

„Was denn", sagte ich mit dem unschuldigsten Lächeln, das ich mir abringen konnte und zuckte mit den Schultern. „Ich hab doch gar nichts gemacht."

Dabei bemerkte ich allerdings selbst, wie sich mein Lächeln immer mehr in ein Grinsen verwandelte, bis alles erneut zu lachen begann. Jetzt hätte ich zu gern gewusst, wie das Gespräch an diesem Tisch wohl gelaufen war, bevor ich aufgekreuzt war. Ganz offensichtlich jedenfalls waren Marius und ich Gegenstand der Unterhaltung gewesen. Ich verspürte ein Bedürfnis nach Nähe und schmiegte mich katzenhaft an meinen Liebsten. Der legte den Arm um mich, und ich fühlte mich geborgen.

Als Tabia und Marius etwas später dann doch auftauchten, waren alle anderen mit dem Frühstück im Wesentlichen fertig. Aber alle blieben sitzen, tranken noch einen Tee oder Kaffee. Niemand wollte diese harmonische Runde beenden, in der Tabia und Marius ganz einfach noch gefehlt hatten. Marius gab mir einen Kuss, bevor er sich setzte – und zwar deutlich mehr als einen schlichten Guten-Morgen-Kuss. Sein Lächeln wirkte fast verliebt. Schau einer an, flüsterte meine Erotikfee.

Ich schaute in die Runde und musste abermals lächeln: Die vergangene Nacht hatte niemand von uns mit seinem eigenen Partner verbracht. Es fühlte sich aber ganz selbstverständlich und leicht an. Niemand schien sich unwohl zu fühlen mit diesem kompletten Partnertausch – auch wenn Daniel gern eine Nacht mit mir verbracht hätte, wie seine Frau mir ein paar Tage später in einer Mail verriet. Doch er hatte schnell erkannt, dass es da zwischen Marius und mir irgendwie brizzelte, und so hatte er mir keine Avancen in Richtung einer gemeinsamen Nacht gemacht. Allein schon deshalb, weil er sich nicht gern eine Abfuhr einfing, wie Ines in der Mail dann weiter schrieb. Aber er habe es immerhin genossen, während der Orgie mit mir im Sofa so ausgiebig zu vögeln, berichtete sie.

In diesem Moment beim Frühstück war nichts zu spüren von irgendwelchen schweren Gedanken. Und ich glaube, es waren auch keine vorhanden. Daniel hatte mit Sicherheit auch die Nacht mit Janin genießen können. Es wurde viel gelacht, es wurden ironische Sprüche gemacht, es wurde über unseren zurückliegenden Gruppensex mit der gleichen Leichtigkeit geredet wie über die Qualität von Aufbackbrötchen.

Als ich bei meinem schätzungsweise fünften Becher Milchkaffee Tabia fragte, ob Marius beim Sex immer so viel redete, schaute die mich verblüfft an:

„Er hat geredet? Und auch noch viel? Während ihr gevögelt habt?", fragte sie. „Mit wem hast du die Nacht verbracht? Und wer ist das hier?", fügte sie mit Blick auf Marius hinzu, den sie von oben bis unten anstarrte.

„Naja, was heißt schon viel?", sagte der leicht verlegen.

„Wenn eine Frau sagt, dass es viel war, dann war es viel", mischte Ines sich ein.

Damit hatte sie vermutlich recht. Wie meistens. Plötzlich kam mir die Unterhaltung vom Vortag in den Sinn, als Ines mir erklärt hatte, warum kochende Männer für Frauen attraktiv waren. Zweifellos hatte sie auch damit recht. Sie kann gut beobachten und hat mit ihren 41 Jahren eine Menge Lebenserfahrung, dachte ich. Und sie gewinnt interessante Erkenntnisse aus all dem. Ich beschloss, mit ihr unbedingt in Mailkontakt zu bleiben.

Unser Frühstück reichte bis weit in den Nachmittag. Es war, als wolle niemand aufstehen und die Runde beenden – und damit automatisch auch dieses ungewöhnliche Wochenende. Es war Pfingstmontag und der nächste Tag schimmerte als neuer Arbeitstag drohend am Horizont. Da Steffen und ich mit mindestens sechs Stunden für die Rückfahrt rechnen mussten, waren wir es, die dennoch irgendwann aufstanden und damit das Signal zum allgemeinen Aufbruch gaben. Daraufhin begannen alle, ihre Sachen zu packen, während Ines und Daniel sich um Küche und Wohnzimmer kümmerten. Wirklich die perfekten Gastgeber, dachte ich.

Natürlich nahm zum Abschied jeder jeden ausgiebig in den Arm. Wobei auch reichlich Küsschen ausgetauscht wurden – und auch ein paar Küsse. Vor allem Marius und ich mochten uns ebenso ungern voneinander trennen wie Tabia und Steffen. Und als Marius mir während des Abschiedskusses (eigentlich artete es mehr in eine Abschiedsknutscherei aus) auch noch mit kräftigen Händen den Po massierte, spürte ich plötzlich wieder die vergangene Nacht im ganzen

Körper. Meine Neigung, ihn loszulassen, schwand immer mehr.

Trotzdem saßen Steffen und ich irgendwann im Auto. Unsere Stimmung schwankte irgendwo zwischen Wehmut und Euphorie.

„Meine Güte, haben wir an diesem Wochenende viel gevögelt", sagte mein Liebster, als er auf die Autobahn Richtung Frankfurt aufgefahren war.

„Bekommst du auf Anhieb noch zusammen, wie oft?", wollte ich wissen.

„So ganz auf Anhieb nicht. Warte, lass mich überlegen."

„Schon gut", entgegnete ich. „Wollte nur wissen, ob es dir auch so geht. Wäre ja auch die Frage, was da so alles mitzählt. Beim Tschakka-Tschakka-Spiel gabs ja so manchen Ansatz – ohne, dass man das wirklich poppen nennen könnte. Oder?"

„Ist eigentlich auch egal. Es war jedenfalls ein wahnsinnig geiles Wochenende."

Dem konnte ich nur zustimmen.

„Und Tabia und Marius?", fragte ich schließlich, wobei ich wohl ein wenig nachdenklich wirken musste.

„Was ist mit Tabia und Marius?"

„Naja, war ja schon etwas Besonderes mit den beiden. Das hat richtig gebrizzelt. Und dann auch noch eine ganze Partnertauschnacht in getrennten Zimmern. Das hatten wir so ja noch nicht."

Zwar hatten wir schon einmal Partnertausch in getrennten Räumen erlebt (und das war auch noch gar nicht allzu lange her), aber das hatte sich eher zufällig ergeben und hatte auch nicht die ganze Nacht, sondern lediglich ein paar Stunden angedauert. Das hier war anders gewesen, viel intensiver und mit weit mehr Nähe.

„Ich würde die beiden gern wiedersehen", sagte ich schließlich.

„Keine Frage", stimmte Steffen mir zu. „Das würde ich auch gern. Schade nur, dass sie am Bodensee wohnen. Ist von Hannover aus nicht so direkt um die Ecke."

Das war das Problem. Vermutlich würden Wochen oder vielleicht auch Monate vergehen, bis wir alle vier mal wieder Zeit für eine Begegnung haben würden. Steffen war im Job stark eingebunden, ich lernte für das Examen, und hätte für diese Auszeit über Pfingsten eigentlich gar keine Zeit gehabt. Zu Haus auf meinem Schreibtisch türmte sich der Examensstoff, der durchgearbeitet werden musste. Aber im Nachhinein hätte ich diese Tage und Nächte auf keinen Fall missen wollen.

Doch vielleicht war die Entfernung nicht nur ein Problem. Vielleicht war es auch ganz gut, dass es da etwas mehr Abstand gab. Denn wer wusste schon, wie sich das entwickelt würde, sollten wir die beiden nun alle ein, zwei Wochen treffen und uns mehr oder weniger auf sie konzentrieren. Auch bei uns im Norden gab es schließlich viele interessante Menschen, die darauf warteten, dass wir sie kennenlernten. Die

Welt der Swinger, die wir erst vor Kurzem betreten hatten, war groß und bunt. Und wir wollten noch viele dieser Farben erleben.

Dass wir Tabia und Marius wiedersehen würden, stand für uns jedoch außer Frage. Und für die beiden auch. Als wir an diesem Abend ziemlich spät nach Haus kamen, schauten wir noch einmal in unser Internet-Profil – und hatten bereits eine Mail von unseren neuen Freunden:

Hallo ihr zwei,

wir hoffen, ihr seid gut nach Haus gekommen und musstet nicht allzu viel im Stau stehen. Wir hatten es ja glücklicherweise nicht gar so weit.

Es war ein geiles Wochenende mit euch und den anderen. Besonders aber mit euch. Diese letzte Nacht war einfach Wahnsinn. Marius hat immer noch den Geschmack von Kirstens heißer Muschi auf seinen Lippen, und Tabia kann noch immer Steffens Sperma schmecken.

Wir haben auf unserer Heimfahrt über kaum etwas anderes geredet als über euch – und über die Möglichkeit eines Wiedersehens. Wenn ihr also Zeit und Lust für einen kleinen Urlaub am Bodensee habt: Wir würden uns freuen.

Fühl euch umarmt und geküsst und manches mehr.

Ganz liebe Grüße, Tabia und Marius

Sieh einer an, dachte ich. Tabia hatte sich in der letzten Nacht von Steffen ebenfalls in den Mund spritzen lassen. Hatte er mir noch gar nicht erzählt. Naja, ich hatte ihm ja auch nicht erzählt, dass ich das gleiche mit Marius getan hatte. Steffen schien meine Gedanken zu erraten. Und irgendwie fanden wir plötzlich keine Zeit mehr, die Mail zu beantworten, sondern mussten dringend in unser Bett. Denn ich hatte das große Bedürfnis, mit meinem Liebsten genau das zu tun, was ich in der Nacht zuvor mit Marius getan hatte.

Von Kirsten Steiner sind bisher
folgende Titel erschienen (Stand Juni 2017):

Schneetreiben für vier

Winter, Sonne, Sex – eine wundervolle Mischung. Allerdings waren Sabrina und Florian, mit denen wir diesen Skiurlaub im Montafon verbrachten, als Swinger noch völlige Anfänger. Dennoch wurde es eine heiße Woche zwischen Piste, Sauna und Bett. Aber vielleicht war es auch gerade deshalb so spannend, weil die beiden gar nicht so recht wussten, was sie eigentlich wollten. So manches haben sie mit uns dann aber entdeckt.

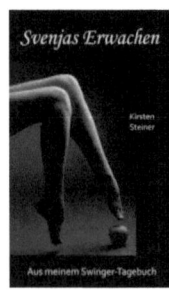

Svenjas Erwachen

Meine Schulfreundin Svenja war schon immer ein schwieriger Fall. Als Teenager hatte sie nie einen Freund abbekommen, als Studentin geriet sie stets an die falschen Männer. Und als sie mir dann einmal erzählte, dass sie seit fünf Jahren keinen Sex mehr gehabt hatte, habe ich sie zu einem Besuch im Swingerclub überredet – nur sie und ich und ohne meinen Liebsten. Und mit einer Freundin durch einen Club zu streifen, ist etwas ganz anderes als mit einem Mann an der Seite.

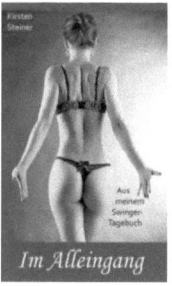

Im Alleingang

Mir war nicht ganz wohl bei der Sache. Aber Steffen hatte etwas gut bei mir, und so ging ich auf seinen Vorschlag ein: Gemeinsam in den Swingerclub – aber dann sollte jeder für drei Stunden allein auf Pirsch gehen. Im Nachhinein war ich erstaunt, was in drei Stunden so alles passieren kann.

Mallorquinischer Seitensprung

Zwei Männer allein für mich: Mit dieser pikanten Überraschung wollte Steffen mir den Urlaub versüßen – was ihm auch gelang. Doch dieser zweite Mann hatte ein kleines Geheimnis. Und das sollte noch ein ganz anderes erotisches Abenteuer auslösen – ein Erlebnis, an dem nicht nur wir drei beteiligt waren.

Die Frau, die in einen Swingerclub hineinging und aus einem Jungbrunnen herauskam

„Mein Mann vögelt mit so schönen jungen Frauen wie dir seine Midlife-Crisis weg", hatte Sylvia nach unserem Sex zu viert auf der Swingerclub-Matte zu mir gesagt. Im weiteren Verlauf des Abends stellte ich fest, dass sie mit ihrer Einschätzung wohl durchaus richtig lag – sie selbst aber auch tief in dieser Krise einer Mitt-Vierzigerin steckte. Doch obgleich sie es zunächst nicht so recht glauben wollte, tat der Sex mit einem deutlich jüngeren Mann ganz offensichtlich auch ihr gut. Und nicht nur mit einem …

Räumchen wechsel dich

Swingen ja, aber Partnertausch in getrennten Räumen? Das kam für uns nicht infrage. Dachten wir ... Dann aber trafen wir Katja und Lukas, die das eigentlich genauso sahen. Eigentlich ... Doch zu unserer Überraschung entwickelte sich der erotische Abend mit den beiden ganz anders, als wir alle das wohl erwartet hatten ...

Zwei Männer, zwei Frauen, eine Verführung

Wir hätten nicht geglaubt, dass eine Beziehung zu viert funktionieren würde. Mit Birte und David jedoch entdeckten wir eine ganz neue Dimension des Swingens. Plötzlich war alles möglich, alles erlaubt. Wir erlebten mit den beiden die aufregendste Zeit unseres Swingerlebens – und ein Wechselbad der Gefühle. Wir kamen den beiden unglaublich nah. Vermutlich zu nah.

Sommer, Sonne, Billard, Bisex

Swingererlebnisse im Urlaub sind eine wundervolle Sache – wenn man denn die richtigen Mitspieler dafür findet. Vor unserem Herbsturlaub auf Menorca hatten wir deshalb schon vorab ein entsprechendes Date vereinbart. Das allerdings sollte zu einer ziemlichen Enttäuschung werden, sodass wir uns bereits auf einen Urlaub nur in Zweisamkeit einstellten. Doch dann geriet ein ganz anderes Paar in unseren Blick. Mit diesen zwei jungen und attraktiven Menschen sollten wir gleich mehrere Überraschungen erleben. Und sie mit uns.

130

Monogamie für Fortgeschrittene

Einander treu sein und dennoch fremde Haut spüren, klingt wie duschen, ohne nass zu werden. In ihrem Buch erläutern Kirsten und Steffen Steiner, wie dieser scheinbare Widerspruch dennoch funktioniert und für eine harmonische Beziehung sogar ausgesprochen hilfreich sein kann. Dafür greifen die Autoren, die seit Jahren in der Swingerszene aktiv sind, sowohl auf eigene Erlebnisse bei zahlreichen Clubbesuchen und privaten Treffen zurück als auch auf Gespräche mit anderen Paaren, die sie in diesem Buch zu Wort kommen lassen. Mit persönlichen Geschichten und Anekdoten geben sie einen Einblick in die Welt der Swinger.

Lob, Kritik, Anregungen?
Ich freue mich über eine Mail an:

kirsten.steiner84@web.de

Und natürlich freue ich mich auch über
das Geschenk einer kleinen Rezension
in einem der Buchshops im Internet.